SAMTHEISS

LOUISE THORNTON,
JAN STURTEVANT,
AMBER COVERDALE SUMRALL (Hg).

SAMTHEISS

Erotische Geschichten von Frauen

Aus dem Amerikanischen
von Susanne Brucker

Eichborn

Für Gudula Lorez

Von dem amerikanischen Originalband
TOUCHING FIRE. EROTIC WRITINGS BY WOMEN
ausgewählt und lektoriert von Doris Engelke

Die Deutsche Bibliothek – CIP-Einheitsaufnahme

Samtheiss : erotische Geschichten von Frauen / Louise Thornton ... Aus dem Amerikan. von Susanne Becker. – Frankfurt am Main : Eichborn, 1993
ISBN 3-8218-0245-6

Umschlaggestaltung: Rüdiger Morgenweck.
Lektorat: Doris Engelke.
Gesamtherstellung: Fuldaer Verlagsanstalt GmbH.
ISBN: 3-8218-0218-0245-6
Verlagsverzeichnis schickt gern:
Eichborn Verlag, Kaiserstraße 66, D-6000 Frankfurt 1

INHALT

Amber Coverdale Sumrall

SIESTA

Grandmas Haus hat ein grünes Tor, das auf einen Hof mit ziegelroten Kacheln aus Mexiko führt. Leuchtend blaue und gelbe Töpfe mit Kakteen stehen auf dem Sims aus Adobeziegeln. Käfige mit Paradiesvögeln rahmen den Hof ein. Grandpas handgeschnitzte und mit indianischen Regensymbolen bemalte Kürbisse sind voller Walnüsse, Feigen und Pfirsiche von den Bäumen hinterm Haus.

Wir sitzen in Korbsesseln in der Sommersonne und trinken Kakao aus großen orangefarbenen Bechern mit Holzhenkeln. Ich tue so, als wäre es Kaffee. Wenn ich hier bin, habe ich immer das Gefühl von Ferien – obwohl wir in der gleichen Stadt wohnen.

Grandpa geht in seinen Garten. Wenn wir allein sind, erzählt mir Grandma Geschichten über ihre Familie. Sie ist stolz darauf, Indianerin zu sein. Sie stammt von drei verschiedenen Stämmen ab; einer davon heißt Mohawk. Immer, wenn sie Mohawks sagt, muß ich an Tomahawks denken. Ich weiß, was ein Tomahowk ist. In den Souvenirläden des Yellowstone National Parks wird so etwas verkauft. Indianer haben damit die Weißen skalpiert. Grandma sagt, Tomahawks waren die ersten Äxte. Sie sagt, wenn die Weißen sich um ihre eigenen Angelegenheiten gekümmert hätten, anstatt Indianer mit Alkohol zu vergiften, sie zu erschießen und ihr Land zu stehlen, hätten die Indianer sie nicht skalpieren müssen.

Sie seufzt. »Du wirst die Wahrheit niemals in deinen Schulbüchern finden, mein Schatz. Sie haben gelogen, alles verdreht. Mit der Religion ist es genauso. Die Wahrheit muß man heutzutage mit der Lupe suchen.«

Grandma nennt mich ihren Schatz. Grandpa auch. Jeden Morgen steht er auf, bevor die Sonne aufgeht, und mahlt im Keller seinen Weizen fürs Frühstück. Grandpa kocht sich sein Essen selbst. Weil er lieber Abendbrot ißt, wenn andere Leute frühstücken, und abends Milch und Obst will. Er spült sein Geschirr ab und räumt es weg.

Grandma und Grandpa lieben sich mehr als sonst irgend jemand, den ich kenne. Er bringt ihr Blumen aus seinem Garten, und sie umarmen und küssen sich oft. Ich meine, echte Umarmungen und Küsse, nicht die schnellen Küßchen, die mein Vater meiner Mutter aufdrückt, wenn er zur Arbeit geht. Grandma krault Grandpa auch den Rücken. Grandpa hat's gut. Wenn mir jemand den Rücken krault, ist das für mich das Allerschönste. Grandma sagt, das Allerwichtigste im Leben ist Liebe.

»Dafür sind wir auf der Welt, Schatz«, sagt sie. »Wir sollen lernen, uns gegenseitig zu lieben. Und dafür ist alle Zeit der Welt nötig. Manche Leute lernen es nie.«

Wir trinken unseren Kakao aus, und Grandma sagt, es ist Zeit für die *Siesta*. Sie und Grandpa halten jeden Nachmittag ein Nickerchen. Heute hat sie versprochen, bei mir zu schlafen.

Das Haus ist kühl und dunkel. Ich gehe mit ihr in das Gästezimmer und klettere in das große Himmelbett. Grandma sieht nicht wie eine Indianerin aus, eher wie eine Zigeunerin. Ihre Kleider sind wie Seide, sie trägt Schals und Armbänder, Ohrringe und glitzernde Broschen. Ich finde, Grandma ist schön. Ihr dunkles geflochtenes Haar ist im Nacken gerollt und wird von zwei silbernen Spangen gehalten.

Grandma zieht die weiße Chenilledecke weg und dann die Zudecke. Ich ziehe Schuhe und Socken, Jeans und Hemd aus. Sie läßt mich nackt schlafen, sagt, es ist zu heiß. Ich krabble über das Bett, bis an die kühle Gipswand, und ziehe das Laken über mich.

Die kaputte gelbe Jalousie klappert in der Nachmittagsbrise. »Santa Ana bläst wieder«, sagt sie. »Der Wind ist voller böser Geister. Macht die Leute verrückt.« Sie kichert. »Sogar Geister können ab und zu Mist bauen.«

Sie zieht ihr geblümtes Kleid über den Kopf und läßt den Slip zu Boden gleiten.

Grandmas große Brüste ruhen auf ihrem Bauch. Blaue Venen durchziehen sie wie kleine Flüsse. Ich habe vorher noch nie richtige Brüste gesehen. Mutter versteckt ihre. Sie sagt, Frauen sind verflucht, weil Eva mit dem Teufel gesündigt hat, und daß ich das eines Tages selbst herausfinden werde. Sie sagt, eines Tages werde ich auch einen Busen haben, aber ich glaube ihr nicht. Ich kann Kleider, Parfüms und Lackschuhe nicht ausstehen. Daddy sagt, ich bin eine Range. Wie kann ich dann einen Busen kriegen?

Grandma rollt sich zu mir ins Bett. Sie ist auch nackt. »Ich habe gedacht, Erwachsene müssen im Bett Nachthemden oder Schlafanzüge tragen«, sagte ich ihr. »Wenn sie nackt sind, kann die Polizei sie festnehmen.«

»Irgend jemand stopft dir deinen Kopf mit dummen Geschichten voll«, sagt Grandma. »Ich nenne lieber keine Namen. Komm näher, Schatz.«

Ich rutsche dicht neben Grandma, schmiege mich gegen ihre warmen Brüste, ihren weichen runden Bauch. Sie hält mich im Arm, küßt meinen Nacken, dann rückt sie etwas zur Seite und fängt an, mir mit ihren langen Fingernägeln den Rücken zu kraulen. Ich bekomme am ganzen Körper Gänsehaut. Ihre Brustwarzen berühren meinen Rücken. Ich möchte ihre Brüste anfassen, an den harten Brustwarzen nuckeln.

Sie malt mit ihren Fingern Kreise über Kreise, bis ich kaum noch die Augen offenhalten kann.

Als ich aufwache, ist Grandma fort. Ich muß mal pinkeln und gehe an Grandmas und Grandpas Schlafzimmer vorbei. Die Tür ist zu, und es klingt, als würden sie auf dem Bett herumhüpfen. Ich würde gern durch das Schlüsselloch gucken, traue mich aber nicht. Sie machen merkwürdige Geräusche, die ich noch nie vorher gehört habe.

Ich weiß, was sie da tun, hat was mit Grandmas Brüsten zu tun. Ich weiß es einfach!

Ich gehe zurück ins Bett und stelle mir vor, mit Grandma und Grandpa im Bett zu liegen. Meine Hände finden den sicheren, spannenden Platz zwischen meinen Beinen.

Als ich wieder aufwache, ist es fast dunkel. Der Duft von geschmortem Kaninchen bringt mich schnell aus dem Bett. Ich ziehe mich an und gehe in die Küche. Grandma und Grandpa sitzen da in ihren Bademänteln und lächeln sich an. Sie lächeln und schaukeln in ihren Schaukelstühlen und sehen aus, als hätten sie ein Geheimnis.

»Das Abendbrot ist fast fertig, Schatz. Ich habe dir dein Lieblingsessen gemacht: geschmortes Kaninchen mit Knödeln. Und Grandpa hat Obstsalat zum Nachtisch gemacht. Hast du Hunger?«

»Und wie, ich bin halb verhungert!«

»Nun, wir scheinen ja alle mächtigen Appetit zu haben«, sagt Grandma. Sie zwinkert Grandpa zu und dann mir.

»Mächtig, das stimmt«, sagt Grandpa.

Janet Aalfs
DAS GEHEIMNIS

1. Ich bin eine Boje, und du bist ein kleines, schlüpfriges Meereswesen, das mir noch etwas unsicher an Hals und Schultern klebt. Ich trage dich ein Stück, dann waten wir bis zu den Knöcheln im Wasser und suchen nach Krebsen. Ein kleiner blasser treibt tot mit dem Bauch nach oben in der Nähe eines Felsens, seine Scheren sind leblos. Du greifst danach und stolperst, und ich fange dich auf, als wärst du ein kleines Kind. Ich bin zehn Sommer alt und du acht. Niemand fragt sich, warum ich dich so halte. Sie alle, Mütter und Väter, Schwestern und Brüder, Freunde, glauben, daß ich später einmal eine gute Mutter werde. Und du, die Unschuldige, spielst und fällst hin, stehst wieder auf und weißt ganz genau, daß dich jemand auffängt. Und das tue ich.

2. Deine Mutter flüstert mir zu, daß du noch an den Weihnachtsmann glaubst. Ich höre dir zu, wie du aufgeregt von all den Dingen erzählst, die er dir unter den Christbaum legen wird. Ich nicke und gratuliere dir zu deinem Glück. Auch mein Bruder, der so alt ist wie du, verdirbt dir deine Freude nicht. Er und ich, wir schauen uns an und glauben für einen Augenblick, daß du im Besitz der Wahrheit

bist, deine Augen sind voller Hoffnung, dein dunkles Haar glänzt und du überspringst die Fugen auf dem Bürgersteig, als könntest du damit den großen Tag schneller herbeizaubern. Dieses Geheimnis verberge ich vor dir. Um dich zu beschützen, glaube ich.

3. Wasser sprüht fächerförmig, Regenbogen entstehen und vergehen zwischen feinen Strahlen. Der Sprenger bildet ein rundes Dach aus Wasser, fällt erst, schwillt dann wieder, kräuselt sich auseinander wie ein Farn, bevor die Gischt bricht und den Rasen benetzt. Wir laufen unter diesen funkelnden Baldachin und spielen, wer zuerst vor dem herabrauschenden Wasser mit seinen kalten Fingern flüchtet.

Dein Haar, naß und glänzend; die Tropfen auf deiner gebräunten Haut, wie kleine Lupen, die die Sonne widerspiegeln. Du strahlst. Überall unsere Fußspuren, das Wasser. Pfützen auf dem Hofpflaster, Pfützen im schlammigen Rasen. Du stehst sicher auf deinen Beinen, und es ist dir egal, daß der Schlamm an deinen Beinen hochspritzt und deine Shorts Flecken bekommen. Lachend sehe ich dich rutschen, aber niemals fällst du hin. Ich jage hinter dir her, bin der Wind, der dich vorwärts treibt. *Vorsicht*, höre ich deine Mutter rufen. Ich höre es im Wind und im aufspritzenden Wasser. Ich höre es in meinem Kopf und in meinem Herzen. *Vorsicht*, der gurgelnde Schlamm. *Vorsicht*, das leichte Platschen unserer Füße. *Vorsicht*, der dumpfe Aufprall deines Kopfes, als du auf das harte Pflaster schlägst. Ich schreie. Zu spät.

Deine Mutter hält den Eisbeutel mit einer Hand fest gegen deine Stirn gepreßt, mit der anderen drückt sie dir ein ehemals weißes Taschentuch unter die Nase und hält die Nasenlöcher zu, aus denen dick und dunkelrot Blut und Gewebe sickern. Ich sitze auf dem Hocker neben der Couch, auf der du so still liegst und kaum atmest. In eurem Wohnzimmer ist es dunkel, sogar in der strahlend hellen Mittagssonne, und kühl, wie Wasser. Aber du lachst jetzt nicht mehr. Ich kann deinen Sturz oder dein Blut oder deine Tränen nicht aufhalten.

Nachdem das Bluten aufgehört hat, sehe ich dich neben deine Mutter in den Wagen steigen. Später rufe ich an, und du erzählst mir mit Schnupfenstimme, daß du beim Arzt gewesen bist. *Meine Nase*, sagst du, *sie mußten sie nochmal ausbrennen.* Du beschreibst, wie sie ein glühendes Stäbchen in deine Nasenlöcher steckten, um das kaputte Gewebe zu verschorfen. *Aber kann sein, daß es nicht hinhaut.* Du liegst auf dem Rücken mit einem Eisbeutel auf der Stirn und siehst dir in eurem dunklen Wohnzimmer eine Baseballübertragung an. In eurem Hof rieselt das Wasser immer noch.

Ich sitze vor unserem Haus auf den harten und kalten Schieferstufen und warte. Ich weiß nicht, worauf ich warte – vielleicht, daß es dir besser geht und du zu mir auf die Straße kommst. Aber du kommst nicht.

4. Wir stehen bis zu den Knöcheln im Schlamm, bis zu den Oberschenkeln im Wasser. Auf dem

Grund des Flusses suchen wir nach *Quahogs*, wir treten vorsichtig auf, spielen mit den Zehen, dann strecken wir die Hände aus, die Arme bis zu den Schultern im Wasser, um die weißen, harten Muscheln herauszufischen. Das Ruderboot tänzelt auf den kleinen Wellen, die der Wind macht. Ich halte das Seil, ziehe das Boot heran und schütte den nächsten Eimer *Quahogs* in den türkisfarbenen Schiffsrumpf aus Fiberglas. Eine Möwe schreit uns an und fliegt im Sturzflug auf unsere Köpfe zu, läßt sich aber wieder vom Wind gen Himmel treiben, als wir uns ducken und unsere Schädel mit dem freien Arm schützen. Sie greifen nie an, sie drohen bloß. Wir haben aber trotzdem vor Angst die Köpfe eingezogen.

Im Haus schüttet deine Mutter dann unseren Fang in einen großen Topf mit kochendem Wasser, und wir schauen zu. Sie macht den Deckel zu, und der Dampf quillt hervor, eine zarte Wolke über dem Ofen, die das Fenster beschlägt. Dein Großvater sitzt draußen in einem Liegestuhl, ein Taschenmesser in der Hand, schlitzt die Muscheln auf und ißt sie roh.

Mir wird schlecht, und ich kann nicht hinsehen. Als die Muscheln im Topf sich geöffnet haben, nimmt deine Mutter sie vom Feuer und gießt die milchige Flüssigkeit ab. Auf dem Boden den Topfes sitzt eine Schlammschicht. Wir nehmen jede vorsichtig ein Schalentier von dem Haufen und drücken es ganz auf. Innen ist das Fleisch weich und warm, als wäre es noch lebendig; um den Bauch eine dünne Schlammlinie, die ich mit der Spitze meines Zeigefingers nachziehe. Es schmeckt nach Salz, nach Felsen, nach einem dunklen Geheimnis des Ozeans. *Öffne mich*, flüstere ich in meine Hand.

5. Ich bin groß für mein Alter. Du bist klein. Ich tue so, als wärst du meine Tochter. Ich halte dich im Wasser in meinen Armen und fühle deine zarte Stirn an meinem Hals. Ich presse deinen Körper an meinen, und du erschauerst; ich halte dich fester. Die Wellen bewegen uns hin und her, und du schmiegst dich an – ich, bis zum Hals im Wasser; du, noch zu klein, um mit deinen Zehen den Boden zu erreichen. Wir bleiben so, bis deine Mutter uns zurück an den Strand ruft. Im seichten Wasser lasse ich dich sanft herunter und du läufst, mit fliegenden Haaren, dünnen Beinen, die das Wasser aufwühlen, Gischt spritzt auf, die sich wie ein schützender Schild vor dich legt, als deine Füße die Wellen durchstoßen. Deine Mutter schüttelt den Kopf und wünscht sich, du wärst mehr wie ich. Aber sie würde die Wahrheit nicht wissen wollen. Warum ich dich im Wasser so eng an mich presse, wie weich und warm deine Haut an meiner ist, wie ich nachts im Bett meine Arme fest um mich lege und mir vorstelle, du wärst da. Verzaubert. Ich berühre mich, öffne eine Muschel. Meine Fingerspitze reibt langsam entlang der Ränder, dringt dann in fleischige Falten, lebendig und pulsierend, warm und feucht. *Ich schwöre dir, niemand wird es je herausfinden. Ich verspreche es, ich werde es nicht verraten.*

Eva Shaderowfsky
WAS MACHEN WIR MIT ANGUS?

»Was machen wir mit Angus?« fragte John.

»Ich weiß es nicht, und es interessiert mich auch nicht besonders.« Louise seufzte matt.

Angus verdiente Zuchtgeld. Er war ein guter Bulle und ein exzellenter Zuchtstier. Es klappte jedesmal. Er kletterte auf den Rücken der Kuh, steckte seinen riesigen Penis in sie hinein, und das war's. Jetzt, da sie vorhatten, sich voneinander zu trennen, wollte keiner von beiden das Farmhaus behalten. Sie waren Schriftsteller und hatten beschlossen, daß es auf dem Land nicht gut war, allein zu leben. Sie wollte eine Stelle als Verlagsassistentin in der Stadt annehmen. Er würde an der Hochschule lehren und hatte bereits eine Stelle als Dozent gefunden, ebenfalls in der Stadt. Sie waren sich einig, daß die Stadt groß genug sein würde für beide. Einen Käufer für das Haus und die fünf Morgen Land hatten sie schon gefunden. Dem Mann, der das Haus kaufen wollte, gehörte der Eisenwarenladen im Dorf. Er lebte mit seiner Frau und drei kleinen Kindern über dem Geschäft und war glücklich, das Haus und all das Land so günstig zu bekommen. Aber Angus wollte er nicht.

John ging hinaus und stand an der Koppel, auf der Angus gehalten wurde. Der Bulle schnaubte, scharrte mit den Hufen und stürmte auf ihn zu. Er hatte glänzendes, schwarzes, dickes Fell und war ein stattliches Geschöpf. Breite Brust, breite Lenden und ein breiter Rücken. John streckte die Hand aus und streichelte Angus zwischen den Augen. Das Tier ließ sich diese Berührung einen Augenblick gefallen, wirbelte dann herum und preschte auf die andere Seite der Koppel.

John fing an, Leute anzurufen – alle möglichen, die ihm gerade so einfielen –, um für Angus einen Käufer zu finden. Den Tierarzt, den Tierfutterladen und alle Farmer, deren Kühe Angus besprungen hatte. Niemand wollte ihn haben. »Weißt du, Louise, du könntest dir auch ein wenig Mühe geben.«

»Mühe geben! Ich habe mir Mühe gegeben. Deshalb trennen wir uns ja. Ich habe mir Mühe gegeben und du nicht!« Wenn sie wütend war, traten ihre Augen etwas hervor.

»Ich meine nicht unsere Ehe. Ich spreche von Angus. Was machen wir mit Angus?«

»Das ist Gottseidank dein Problem, nicht meines. Und ab Freitag kümmert es mich überhaupt nicht mehr. Ich verlasse das Haus um zehn, der Zug in die Stadt geht um zehn Uhr fünfundvierzig.«

»Und wie willst du zum Bahnhof kommen?«

»Du fährst mich natürlich.«

Er schwieg. Er betrachtete das Grübchen an ihrem Kinn. Früher hatte er es immer geküßt und ihren Schönheitsfleck genannt. So, was jetzt? Eine

Anzeige in der Zeitung. Keine schlechte Idee, etwa SIE HOLEN IHN AB, UND ANGUS BESORGT ES... Niemand würde das drucken. Wie wär's mit einem Limerick? DA WAR MAL EIN STIER NAMENS ANGUS, SEINE WEIBERGESCHICHTEN WAREN WIRKLICH... Nichts reimt sich auf Angus. Außerdem zu viele Wörter, zu teuer. ZU VERKAUFEN. BILLIG WEIL DRINGEND. Gleich morgen früh würde er die Zeitung anrufen.

Als er, die Hände in den Taschen, in die kühle Abenddämmerung hinaustrat, wurde es bereits dunkel. Er atmete tief durch. Es roch gut, nach Landluft und nach Angus. Sie beschwerte sich immer, wenn der Wind von Westen kam. Er trug den Geruch von Angus direkt in die Küche. Jetzt stand der Bulle auf dem kleinen Hügel, und das schwächer werdende Licht ließ nur noch seine Umrisse erkennen. Er war beeindruckend! Angus mit einer Kuh zu beobachten war aufregend, besonders beim ersten Mal.

Ihre aufregendste Nacht miteinander hatten sie erlebt, nachdem Angus seine erste Kuh bestiegen hatte. Der Besitzer der Kuh, ein alter Farmer, der auf einem Grashalm herumkaute, gab während der Prozedur laufend seine Kommentare ab. Louise konnte sich kaum das Lachen verbeißen, während der Farmer redete. »Sieht ganz so aus, als ob er ihn reinkriegt. Sie steht so hübsch ruhig da und wartet, was? Flora ist eine gute Kuh, jawohl. Ich wollte, Janet wäre auch so. Is' meine Frau, wissen Se. Na da schau her. Der zeigt's ihr aber wirklich!« Dann kicherte der Alte fröhlich vor sich hin und spuckte aus.

In jener Nacht wollte Louise von hinten gevögelt werden. John dachte an Angus und die Kuh. Er spürte, daß sein Penis größer war als je zuvor. Louise schrie auf, »Fester. Fester!« Als er kam, blieb er steif. Sie sah ihn bewundernd an. »Ooh, wie groß du bist! Er ist immer noch riesig! Bist du nicht gekommen? Ich weiß, daß du gekommen bist. Willst du nochmal?« Und sie taten es. Viermal in jener Nacht. Am nächsten Morgen brachte er ihr das Frühstück ans Bett. Nach dem Frühstück wollte er noch einmal. Aber Louise trödelte niemals herum, nicht einmal für eine zweite Tasse Kaffee an einem Sonntag morgen. Sie gab ihm einen flüchtigen Kuß und sagte: »Jetzt nicht. Ich hab' zu viel zu tun.«

Er kaufte Angus, kurz nachdem sie geheiratet hatten und in das Farmhaus gezogen waren. Zuerst hatte sie vor ihm Angst, war aber vor allem wütend auf John, weil er so viel Geld ausgegeben hatte, ohne vorher mit ihr zu reden. Er entschuldigte sich mit den Worten, er habe zu lange allein gelebt und müsse sich erst daran gewöhnen, sie um Rat zu fragen, besonders wenn es um so große Ausgaben ging. »Die wir uns nicht leisten können«, fügte er noch hinzu. Er half ihr, den Tisch abzudecken und bot sogar an, Töpfe und Pfannen zu spülen. Sie lehnte ab, sie wollte es selbst tun.

Während sie abwusch, stand er hinter ihr und hatte seine Arme um ihre Taille geschlungen. Sie ließ diese Berührung zu, aber er wußte, daß er auf keinen Fall ihren Busen berühren durfte, denn diese Art von Intimität würde sie jetzt wütend machen. »Okay«, sagte sie, »warum hast du das Tier gekauft?« Sie wand sich aus seinen Armen, trocknete sich die Hände ab, hängte die Schürze auf und sah ihn abwartend an.

»Naja«, sagte er und dachte an den Staub, den der Bulle bei seinen plötzlichen Wendungen aufwirbelte, an das dichte, zottige, schwarze Haar, an den Klang seiner Hufe, wenn er von einer Seite der Koppel zur anderen stürmte. »Naja«, sagte er, »ich, ähm, dachte, es wäre schön, auf einer Farm auch ein Nutztier zu haben. Wir haben jetzt eine Farm, also dachte ich, wir bräuchten ein Nutztier«, sagte er, lächelte schief, und seine blauen Augen lugten hinter seiner Brille hervor.

»Wir haben *keine* Farm! Wir haben ein Farmhaus und ein paar Morgen Land. Ich will jedenfalls *keine* Hühner und Schweine haben und ganz bestimmt keinen Bullen! So eine verrückte...«

»Warte, halt, Louise, hör mal«, unterbrach er sie voller Aufregung über seine plötzliche Eingebung. »Er wird uns überhaupt nichts kosten, weil – und jetzt hör gut zu – weil wir ihn als Zuchtbullen benutzen werden.«

»Als Zuchtbullen?«

»Ja. Er wird alle Kühe vögeln, die gevögelt werden müssen. Und nicht nur das, wir bekommen dafür auch noch Geld. Ist das nicht toll?« Er strahlte sie triumphierend an.

»Du meinst, die Leute bezahlen dafür, daß er ihre Kühe anspringt?«

»Deckt, nicht anspringt. Jawohl, das tun sie. Und zwar ordentlich.«

Sie setzte sich an den Küchentisch und war eine Weile still. »Wir verdienen damit Geld?«

»Ja, und nicht zu knapp!«

Sie lebten von Fremdaufträgen, die den größten Teil ihrer Zeit in Anspruch nahmen. Der Gedanke, mehr Zeit für eigene Arbeiten zu haben, war sehr verführerisch.

Wie sich herausstellte, verdienten sie gerade ein bißchen mehr, als sein Unterhalt sie kostete. Obwohl Louise Angus offensichtlich jedesmal gern zusah, wenn er eine Kuh deckte, beschwerte sie sich bei John über den Geruch des Bullen, besonders, wenn es regnete. Außerdem waren ihr sein Stampfen und Schnauben lästig. Alles in allem, sagte sie, sei er eine Plage und schrecklich störend.

Eines Tages meinte sie, der Bulle habe begonnen, sie merkwürdig anzusehen. Wenn John ohne sie ins Dorf fuhr oder die Farm für einen seiner langen Spaziergänge verließ, hatte sie Angst, aus dem Haus zu gehen.

»Warum hast du Angst vor Angus?«

»Dieser Bulle wird sich irgendwann losreißen, deshalb!«

»Aber nein, Louise, ich prüfe diesen Zaun jeden Tag. Jeden Tag! Das hast du gesehen. Es gibt überhaupt keinen Grund, sich Sorgen zu machen.«

»Aber . . . , wenn er wirklich wollte, könnte er rausspringen.«

John sah aus dem Fenster. Wenn du ihn so auf

dem kleinen Hügel stehen siehst, dachte er bei sich, wirkt es vielleicht so, als könne er darüberspringen. Aber er kann's nicht. Sobald er am Zaun steht, kann jeder sehen, daß er das nicht kann. Es ist einfach zu hoch! Und laut sagte er: »Louise, ich versichere dir, er kann nicht raus. Völlig unmöglich. Mach dir deswegen keine Sorgen.«

Aber sie hörte nicht auf, über den eigenartigen Ausdruck im Blick des Stieres zu jammern, bis John die Geduld verlor. »Bist du noch ganz dicht!? Wovon redest du eigentlich? Was glaubst du eigentlich, was dieser Blick bedeuten soll?«

»Ich weiß nicht«, sagte sie, zuckte die Schultern und schaute auf den Boden.

»Irgend etwas mußt du doch denken, also, sag's mir endlich, verflucht noch mal!«

Sie zögerte, betrachtete ihre Hände im Schoß und sagte: »Ich glaube, er hat es auf mich abgesehen.«

»Was meinst du damit?« Aber John wußte, was sie meinte.

Sie saß vor ihm, die Hände zierlich im Schoß verschränkt. »John, ich habe Angst, wenn ich mit ihm allein bin. Ich gehe aus dem Haus, und er kommt an den Zaun und schnaubt, und dann sieht er mich mit diesem Blick an. Das macht mir Gänsehaut. Wenn du in der Nähe bist, benimmt er sich nicht so. Nur wenn er mit mir allein ist.«

»Louise, nun komm aber. Das macht er doch immer. Du siehst Gespenster. Vielleicht wäre es gut für dich, wenn du mehr rausgehen würdest. Du bist zu viel im Haus. Du könntest doch mitkommen, wenn ich spazierengehe.« Und das geschah dann auch.

Sie waren ständig zusammen. Wenn er täglich seine zweistündige Wanderung machte, kam sie mit. Nach einer halben Stunde klagte Louise über wunde Füße, Rückenschmerzen und pochendes Kopfweh. »Du brauchst gute Wanderschuhe.« Sie bestellten ein Paar Wanderschuhe aus dem L.L.Bean-Versandhaus-Katalog. Und Wandersocken. Nachdem sie sie mehrere Tage im Haus getragen hatte, um sie einzulaufen, unternahmen sie den nächsten Gang. Diesmal schien sie es wirklich zu genießen. Fünfundvierzig Minuten lang. Dann klagte sie über stärker werdende Schmerzen am rechten Fuß. Als sie die Schuhe auszog, war der rechte Fuß geschwollen. Sie kühlte ihn im Wasser, als er sagte, »Hör zu, Louise, diese Wanderungen sind nichts für dich. Warum fährst du nicht mit dem Auto in die Stadt und kaufst ein bißchen ein, während ich spazierengehe?«

»Ich *will* aber nicht in die Stadt. Dort habe ich nichts verloren. Ich will hier bleiben und schreiben. Wir sind schließlich hierhergezogen, um ein bißchen Ruhe zum Schreiben zu haben, oder?«

Was sollte er dazu sagen? Sie auf seine Spaziergänge mitzunehmen hatte er als großes Opfer empfunden. Er brauchte diese Zeit für sich, um nachzudenken. Seit jenem Tag, als sie ihm von dem Ausdruck in Angus' Blick erzählte, hatte er nichts mehr schreiben können.

Sie war ständig um ihn herum. Vorher schrieb sie immer auf der Schreibmaschine, die auf dem

Eßtisch stand. Er arbeitete im Gästezimmer, saß in einem Sessel und schrieb mit der Hand. Jetzt stellte sie die Maschine auf den kleinen Schreibtisch im Schlafzimmer, direkt gegenüber vom Gästezimmer. Wenn die Türen offenstanden, konnten sie sich sehen. Ihre Regel, sich gegenseitig während der Arbeitszeit nicht zu stören, wurde nicht wirklich mißachtet, aber die Schreibmaschine, hektisch und laut, störte ihn. Er konnte sich nicht konzentrieren.

Eines Tages schloß er die Tür, nachdem er ihr behutsam erklärt hatte, er brauche wirklich nur etwas mehr Privatsphäre. Aber der Raum war klein, und bei geschlossener Tür fühlte er sich nicht wohl. Außerdem quälte ihn die Vorstellung ihrer Augen, die sich von der anderen Seite her durch das Holz zu brennen schienen.

»John?« fragte sie leise hinter der geschlossenen Tür.

»Ja?«

»Ich bringe dir Tee, aber ich kann die Tür nicht öffnen, weil ich das Tablett halte.«

Er legte Block und Stift zur Seite und stand seufzend auf, um die Tür zu öffnen. Sie hatte ein gezwungenes Grinsen auf dem Gesicht. Fröhlich sagte sie: »Hier. Ist das nicht wunderbar?«

Sie stellte das Tablett auf das Tischchen. »Was dagegen, wenn ich mit dir 'ne Tasse Tee trinke?«

»Oh, Louise, du machst mich verrückt. Jawohl, ich *habe* was dagegen. Seit Wochen kann ich nichts mehr schreiben, weil du dauernd um mich herum bist. Du *mußt* mich wenigstens einmal am Tag für ein paar Stunden in Ruhe lassen. Hast du eigentlich irgendwas geschrieben?«

Sie setzte sich auf das Bett und fing an zu weinen. »Nein, eigentlich nicht. Ich weiß nicht, was mit mir los ist. Vielleicht ist es dieses Haus. Vielleicht sollten wir woanders wohnen.«

»Ich dachte, Angus würde dich stören. Jetzt ist es schon die ganze Farm!«

Sie setzte sich neben ihn und nahm seine Hand. »Es *ist* Angus. Wenn wir ihn los wären, würde es mir, glaube ich, besser gehen.«

Er seufzte tief. »Nein, das glaube ich nicht. Ich glaube, du mußt nur versuchen, nicht mehr an den Bullen zu denken. Nimm dich zusammen. Du bist immer so stark gewesen. Du kannst es, wenn du wirklich willst.«

»Ich weiß nicht . . . «

»Bestimmt. Du hast dich von dieser Sache unterkriegen lassen, das ist alles. Laß uns jetzt unseren Tee trinken, und dann versuche ich, ein paar Stunden zu arbeiten. Und deine Tür machst du auch zu.«

Sie tat es. Er hörte, wie sie zuklappte. Aber er konnte nicht arbeiten. Er saß da und starrte die geschlossene Tür an, bis er die stickige Luft im Raum nicht länger ertragen konnte. Er öffnete sie. Beinah gleichzeitig öffnete sie ihre Tür. Als ob sie dahinter gewartet hätte. Sie sah blaß und erschöpft aus. »Oh!« sagte sie mit dieser fröhlichen Stimme. »Gehst du auch ins Bad?«

Das nahm er ihr nicht ab. Ihr Kinn war rot und fleckig. Sie hatte sich Mitesser ausgedrückt – und nicht geschrieben. Das ganze wurde unerträglich. Er wußte, daß sie versuchte, während seiner Arbeitszeit fernzubleiben. Er wußte auch, daß sie litt. Er konnte es sehen. Nachts klammerte sie sich an ihn. Er begehrte sie nur noch in den Nächten, nachdem Angus in Aktion getreten war. Dann machte er es immer von hinten. Er stellte fest, daß er von vorne keine Erektion halten konnte. Er konnte sie nicht mehr ansehen.

Eines Tages sagte sie, daß sie daran denke, fortzuziehen und daß er mitkommen solle. Sie wollte wieder in die Stadt – mit ihm oder ohne ihn. Er war erleichtert. Wieder in die Stadt zu ziehen war ihm in letzter Zeit auch durch den Kopf gegangen. Aber als sie sagte, wie würde auch ohne ihn gehen, begriff er, was er eigentlich wollte. Er antwortete, daß er in die Stadt zurück wolle, aber nicht mit ihr.

Damit hatte sie nicht gerechnet; sie klammerte sich an ihn und weinte. Er streichelte ihr den Rücken und spürte die knochigen Schulterblätter. Sie roch nach muffigem Schweiß. Die Waschmaschine steht im Keller, dachte er. Ich frage mich, ob sie in letzter Zeit unten war, um Wäsche zu waschen. Er löste sich sanft von ihr, nachdem ihr Weinen nachgelassen hatte. Sie sprachen über ihre Pläne. Sie war einverstanden. Vermutlich sei es besser, sich zu trennen, zumindest für eine gewisse Zeit.

Während der nächsten Tage fiel ihm auf, daß es Louise besser ging. Sie wuselte im Haus herum, putzte und packte, und er hörte sie sogar vor sich hin summen. Ihre Schreibmaschine stand im Köfferchen an der Haustür neben einem stetig wachsenden Berg von Umzugskisten. Wenn er sie ansprach, antwortete sie zerstreut »was« und schaute kaum auf von dem, was sie gerade tat. Er fühlte sich als Eindringling. Er zweifelte an seiner Entscheidung, ohne sie leben zu wollen. Sie sah viel besser aus. Am Donnerstag abend verkündete sie, daß alles gepackt sei. An jenem Abend kochte sie ein sehr gutes Essen. Rinderragout in Weinsoße. Rind...! Wie konnte ich das vergessen, dachte er.

»Louise!« sagte er.

Sie blickte auf. »Was ist?«

»Was machen wir mit Angus?«

Amber Coverdale Sumrall
DER ZEITUNGSJUNGE

Jeden Donnerstag nachmittag warte ich am Fenster auf Peter, der an unserem Haus vorbeifährt. Einmal wöchentlich liefert er auf einem Fahrrad, das ihm schon seit zwei Jahren zu klein ist, den Lokalanzeiger aus. Peter ist Flüchtling aus Budapest; seine Familie floh aus Ungarn, als die Kommunisten die Macht übernahmen.

Peter trägt einen Schnurrbart, so zart wie ein Schatten, und langes kastanienbraunes Haar, das ihm auf der einen Seite ins Gesicht fällt. Alle anderen Jungs in der neunten Klasse haben einen Bürstenschnitt. Peter wirft sein Haar zurück wie ein Pferd, das seine Mähne schüttelt.

Ich will auf ihm reiten.

Ich will, daß er auf mir reitet – so wie es mein Bruder manchmal tut. Ich liege auf dem Boden, und Patrick sitzt auf mir drauf und hüpft auf und ab. Wir tun so, als spielten wir Cowboy und Pferd.

Ich will, daß Peter mich so reitet.

Meine Freundinnen finden Peter unscheinbar. Unscheinbar und merkwürdig. Ich sage ihnen nicht, wie sehr ich mir wünsche, daß er mich berührt. Sie würden mich noch merkwürdiger finden als ihn.

Peter spielt Geige und ist sehr gut in der Schule. Die Nonnen sagen, er sei ein Genie. Er hat keine Freunde und ist meist allein.

Peter hat sechs Geschwister. Mit dem Zeitungsaustragen unterstützt er seine Familie. Sie wohnen in einem heruntergekommenen Haus mit zwei Schlafzimmern in der Nähe meiner Freundin Lynn. Ich fahre ständig mit dem Fahrrad zu ihr, weil ich hoffe, Peter zu sehen. Aber er ist nie draußen. Ich weiß, daß er für Nachbarkinder den Babysitter macht. Dies ist ein Grund, weshalb ihn alle merkwürdig finden. Besonders die Jungs: sie nennen ihn einen Waschlappen.

Wenn er in meiner Nähe ist, reißt es mich in der Mitte durch. In der Schule bringe ich es nicht fertig, mit ihm zu sprechen; die Worte kommen über meine Lippen wie eine fremde Sprache oder überhaupt nicht. Wenn er mich zufällig anschaut, kann ich kaum atmen. Manchmal starre ich so intensiv auf seinen Hinterkopf, daß ich glaube, wir müßten beide in Flammen aufgehen, zu flammenden Zungen werden wie der Heilige Geist.

Ich will seine Hand nehmen und ihn in das hohe Gras hinter dem Schulhof führen. Ich will meine Bluse aufknöpfen und ihm meinen Busen zeigen. Ich will das Gewicht seines schlanken Körpers spüren, der mich zu Boden drückt. Ich kann mich nicht mehr auf die Schule oder meine Hausaufgaben konzentrieren. Überall schreibe ich seinen Namen hin: in meinen Ordner, meine Bücher, auf meine Schuhsohlen.

Ich glaube, ich werde sterben, wenn ich ihn nicht berühren kann.

Letzten Monat bin ich donnerstags früher nach Hause gekommen, damit ich am Fenster sein konnte, wenn Peter vorbeifuhr. Den Rest des Nachmittags habe ich mit Tagträumereien (wie Ma es nennt) in meinem Zimmer verbracht. Wenn sie mich zum Tischdecken herunterruft, bewege ich mich wie in Trance.

Aber heute bin ich noch früher zu Hause. Ich habe weder ein Eis gegessen noch mit Jeanie und Sheryl die neueste Ausgabe von *Seventeen* angeschaut und ihnen gesagt, ich müßte im Haus helfen.

Ich ziehe meine weißen Shorts und die apricotfarbene Bluse an. Ich knöpfe die ersten beiden Knöpfe auf, aber mein BH blitzt hervor, also ziehe ich ihn aus. Das ist wahrscheinlich eine Todsünde, aber wen stört's, solange Ma es nicht merkt. Ich bürste meine Haare, kämme sie zu einem Pferdeschwanz und binde ein Seidenband darum. Ma bleibt der Mund offen stehen, als ich sage, daß ich im Vorgarten Unkraut jäten will.

»In diesem Aufzug?« fragt sie. »Junges Fräulein, wenn du diese neuen Shorts schmutzig machst, kaufe ich dir keine neuen.« Sie sieht mich seltsam an. Ich mache einen runden Rücken und halte den Atem an.

»Ich hoffe doch, daß du nicht Butch Willies zuliebe so angezogen bist.«

Butch ist das Ekel von gegenüber. Er ist drei Jahre älter als ich und der Rabauke unseres Viertels. Am

Samstag vormittag läßt er immer seine lange Büffelpeitsche auf der Straße knallen. Die jüngeren Kinder trauen sich dann nicht raus. Dauernd piesackt er meinen Bruder. Ich hasse ihn! Einmal, als er meinen Bruder zum Weinen gebracht hat, habe ich all seine Vögel, die er im Hinterhof hält, aus ihren Käfigen befreit.

»Oh Ma, *wirklich*«, sage ich. »Ich kann Butch Willies nicht ausstehen. Er ist zum Kotzen.«

Sie sagt, ich soll nicht solche Wörter in den Mund nehmen.

»Nun, ihm geht es offenbar mit dir ganz anders«, bemerkt sie. »Marge glaubt, daß er in dich verliebt ist. Er schreibt deinen Namen überall in seinem Zimmer an die Wand.«

»Das ist ja widerlich, Ma. Ich bekomme eine Gänsehaut, wenn ich nur an ihn denke.« Ich schüttele mich und verschwinde aus der Küche, bevor sie wieder von meinen weißen Shorts anfängt.

Im Badezimmer schnappe ich mir ihren Lippenstift und male mir die Lippen an, bis sie aussehen wie meine Bluse. Wenn ich doch so hübsch wäre wie Ann, die zwei Stockwerke unter uns wohnt und *Cheerleader* ist! Sie ist zwar so alt wie ich, hat aber schon viel Busen und runde Hüften. letztes Jahr hat sie gesehen, wie ich geheult habe, als Ma mir meine langen Haare abschneiden ließ. *Ann's* Haar fällt bis zur Taille.

Es ist nach vier, also hole ich eine Kiste und setze mich mit der Hacke in den Vorgarten. Zehn Minuten später kommt Peter um die Ecke. Sofort fange ich an zu zittern und versuche so zu tun, als wäre er mir völlig gleichgültig. Suzi sagt, daß Jungs darauf stehen. Es zieht sie an wie die Fliegen, sagt sie.

Mir ist schwindlig. Ich stehe auf, gehe zur Einfahrt und tue so, als würde ich Unkraut zupfen. Peter wirft eine Zeitung auf die Veranda der Nachbarn und dann ... oh mein Gott ... hält er genau vor mir an.

»Oh ... hallo«, sage ich so lässig wie möglich. Er gibt mir unsere Zeitung und lächelt: ein zögerndes, etwas schiefes Lächeln, das mir tief in die Knochen dringt. Ich vergesse zu atmen, hoffentlich werde ich nicht ohnmächtig, wie Beatrice Moore jeden Sonntag in der Messe. Meine sorgfältig einstudierten Worte lösen sich in Luft auf, wie Antworten vor einer Klassenarbeit, und ich platze heraus ... »Ich will dich.«

Meine Hände fliegen an meinen Mund. Peter zwinkert. »Du willst mich ... was fragen?« Seine Augen kleben auf meinem Gesicht.

»Ich, ich ... wollte dich fragen, ob du mir nicht bei Mathe helfen kannst«, sage ich und bete, daß er mir glaubt.

»Ich bezahle auch. Meine Mutter sagt, ich brauche Nachhilfe.«

»Ich kann nicht«, sagt er freundlich. »Ich habe keine Zeit. Wenn ich nicht in der Schule bin, arbeite ich oder helfe zu Hause aus.«

»Aber das ist doch auch Arbeit.«

Ich werde vor ihm auf meine Knie fallen, ihn anflehen, seine Füße waschen, tun, was immer er befiehlt. Alles!

Er sieht mich an, als könne er in meine Seele blicken. Vielleicht ist er ein Heiliger. Das würde erklären, warum ich ihn so toll finde.

»Nein, ich kann dir wirklich nicht helfen«, sagt Peter. »Tut mir leid.«

Ich kann mich nicht bewegen, bin wie gelähmt durch seine Zurückweisung. Wie kann er mir das antun? Nicht, daß er der am besten aussehende oder beliebteste Junge unserer Klasse wäre. Weit gefehlt!

Ich will ihn verletzen.

»*Spielst* du eigentlich irgendwann mal, Peter?« Ich mache mich über ihn lustig, in meinem sarkastischsten Tonfall.

Er rutscht auf seinem Fahrrad hin und her; sein Gesicht wird dunkel. Oh mein Gott, ich habe ihm wehgetan. Oh Gott, mach, daß er mir vergibt.

»Ich habe keine Zeit zum Spielen«, sagt er. »Ich studiere klassische Musik und später werde ich Musiker.« Peter blickt mich an, dann streckt er plötzlich die Hand aus und berührt mein Gesicht.

»Ich muß jetzt gehen.« Er stößt sich vom Bord stein ab.

In mir brodeln so viele Gefühle, daß ich nicht weiß, was ich sagen oder machen soll. Ich kann bloß dastehen. Ich möchte hinterherlaufen und rufen »Peter, ich liebe dich. Es tut mir leid.« Aber ich glaube, irgendwie weiß er das schon.

Ich betrachte seine Beine, die auf und ab treten. Die Zeitungen fliegen aus seiner Hand. Er dreht sich um und lächelt noch einmal. Dann ist er verschwunden.

Patricia McConnel
DAS DREIECK

Wolfgangs Lied drang in Elizabeths schlafendes Bewußtsein und weckte sie. Sie lächelte und genoß das melodische Jodeln einen Augenblick, bevor sie die Augen öffnete. Jeder Morgen begann so: zweifellos der schönste Moment ihres ganzen Tages. Wolfgang war noch oben in den Hügeln. Sie hatte Zeit, aufzustehen und das Teewasser aufzusetzen, bevor er kam.

Dann stellte sie sich, noch immer nackt, an das Flügelfenster, der einzige Grund, weshalb sie dieses ansonsten kleine, dunkle und schmuddelige Studio im Souterrain gemietet hatte. Dieses Fenster begann knapp über dem Fußboden und reichte bis unter die Decke; es füllte den größten Teil der Außenwand dieses Raumes aus und gab Elizabeth das angenehme Gefühl, unter freiem Himmel zu leben, ohne naß zu werden, wenn es draußen regnete. Da die Wohnung im Souterrain lag, war Elizabeth mit einem Schritt in einem verwahrlosten und unordentlichen Garten. Bei gutem Wetter stand das Fenster Tag und Nacht weit offen und ließ Nachtfalter, Fliegen, ab und zu eine Biene, frische Luft und Gerüche aus Küche und Garten der Nachbarn herein. Weder sie noch Wolfgang benutzten jemals die Haustür.

Nach einem Augenblick verließ Elizabeth ihren Platz am Fenster, kuschelte sich wieder in ihren Schlafsack, schob sich das Kopfkissen so zurecht, daß ihr Kopf oberhalb der Fensterbank lag und beobachtete den Teil des Zaunes, wo sie wußte, daß Wolfgang zuerst sichtbar werden würde. Seinen Weg durch die Hügel hinunter und am krüppeligen Zaun entlang konnte sie am Klang seiner Stimme verfolgen – ein flüssiges Trällern aus den Tiefen seiner Kehle. Und sie hörte in seinem Lied viele Botschaften.

»Ich bin so ein toller Typ; diese Welt aus hügeligen Gärten und Zäunen ist ganz nach meinem Geschmack, und dies ist mein Königreich; falls Damen in der Nähe sind – nun, hier bin ich.« Es war ein feierliches Lied, voller Selbstvertrauen und Zufriedenheit, und versöhnte Elizabeth wieder mit der Welt, egal, was sie während des vorigen Tages – oder der Nacht – bedrückt hatte. Mit diesem Lied umwarb Wolfgang seine Damen, und der Gedanke, daß er es auf seinem Nachhauseweg zu ihr, Elizabeth, sang, gefiel ihr.

Als gerade die ersten Sonnenstrahlen auf den Hinterhof fielen, erschien Wolfgang auf eben jenem Stück Zaun, das Elizabeth im Blick hatte. »Du alter Schlawiner, du inszenierst deinen Auftritt wirklich gut.« Wolfgang sprang in den Garten und stolzierte zierlich über den Kiesweg; ab und zu hob er den Blick zu Elizabeth am Fenster. Das Lied war zu Ende, er war zu Hause. Er betrat den Raum durch das offene Fenster und mit einem kleinen Satz landete er auf der Matratze, schnurrte und rieb seinen Kopf an Elizabeths Nase. »Dein Atem ist frisch wie Quellwasser, Wolfgang. Wie machst du das bloß, wo du dir doch nie die Zähne putzt?«

Er sah ihr in die Augen, wie er es immer tat, und immer wieder war Elizabeth verblüfft von der Eindringlichkeit, dem strahlend metallischen Grün mit den goldenen Punkten und der enormen Größe seiner Augen. Dieses offene, vertrauensvolle und gefesselte Anstarren gab ihr das Gefühl von intensiver Nähe und Kommunikation mit dem Kater. Wie schön wäre es, wenn ein Mensch so viel Vertrauen hätte, daß er dir derart unerschütterlich in die Augen schaut. Aber das tun nur kleine Kinder und Katzen.

»Moment, alter Freund. Ich hole mir meinen Tee, und dann legen wir uns hin und schmusen. Willst du Frühstück?«

Elizabeth nahm einen Teebeutel mit Orangenaroma und brühte ihn in ihrem riesigen Becher auf; dann schüttete sie Trockenfutter in Wolfgangs Napf. Er schnupperte daran, fraß aber nicht. Statt dessen rieb er sich schnurrend an ihren Beinen. »Deine Freunde von nebenan haben dir wieder Fleisch und Krabben gegeben, stimmts? Die werden dich noch so verwöhnen, daß ich mir dich nicht mehr leisten kann.«

Elizabeth trug ihren Tee zur Matratze. Wolfgang war schon vor ihr dort. »Geh aus dem Weg, damit ich mich hinlegen kann.« Er stand auf dem Schlafsack, sah sie in seliger Vorfreude an. Elizabeth stellte den Tee auf das Fensterbrett, hob Wolfgang hoch, legte sich hin und bettete ihren Kopf so, daß sie ihren Tee trinken konnte. Sie setzte Wolfgang auf ihren Bauch und er begann sofort zu treteln. »Herr im Himmel, Wolfgang, deine Krallen! Jeeesus. So!« Elizabeth packte ihn an den Vorderbeinen und legte ihn hin. Ihm war es recht. Er nahm seine Lieblingsstellung ein: alle vier Beine seitlich weggestreckt statt, wie andere Katzen, unter dem Bauch. Das Ergebnis war, daß er und Elizabeth Bauch-an-Bauch lagen – sie nannte das immer Wolfgangs Bauchlandungsumarmung. Sie liebte das Gefühl seines weichen, warmen, pelzigen Bauchs auf ihrer nackten Haut. Es war sinnlich, fast erotisch. In dieser Stimmung von Vertrauen und Hingabe war Wolfgang wie dahingeschmolzen; sie konnte mit seinem Körper tun, wozu sie Lust hatte. Sie nahm eine seiner Pfoten, hielt sie sich an die Nase und genoß den moschusähnlichen Duft.

Wolfgang lag jetzt mit halbgeschlossenen Auen da und schnurrte so intensiv, daß er sabberte.

Elizabeth griff nach einem Kleenex, legte es unter sein Kinn und studierte den Regenbogen intensiver Farben, den die Sonne auf sein Fell zauberte, wie die Farben auf einem Ölfilm – strahlende metallische, intensive Variationen von Rot, Blau, Grün, Gold und Purpur. Diese Farbflecken waren nur in der Sonne zu sehen und so winzig, daß Elizabeth sie während seines ersten Lebensjahres überhaupt nicht bemerkt hatte. Nun faszinierten sie diese Juwelen in seinem schwarz-weißen Fell jeden Morgen, während sie ihren Tee trank.

Wolfgang räkelte sich ein wenig, und sie spürte wieder seinen Bauch auf dem ihren. Ohne nachzudenken, hob sie leicht das Becken, als wolle sie einen Liebhaber empfangen. Sie lächelte, ob Wolfgang erotische Gefühle für sie hatte, oder ob alles nur unschuldige Zuneigung war? »Oh Wolfgang, wenn wir doch bloß ...« Sie kraulte seinen Kopf und lächelte wieder, als er mit einem wonnevoll-dämlichen Gesichtsausdruck antwortete.

Das Geräusch eines Schlüssels schreckte beide auf. Wolfgang kratzte Elizabeths Bauch und war mit einem Satz aus dem Fenster. Etienne stand in der Tür und grinste sie an. »Herr im Himmel, du siehst super aus, wie du da in der Sonne liegst. Wie geht's dir, Schatz?« Er durchquerte den Raum und kniete sich hin, um sie zu küssen. Als er sich über sie beugte, kratzte der Reißverschluß seiner Lederjacke über ihre Brust. Sein Atem roch nach Kaffee. Sie schob ihn weg. »Was ist los?«

»Deine Jacke.«

»Oh, sorry.«

»Bin früh aufgestanden; hab gedacht, ich guck mal rein, bevor ich zur Arbeit gehe.« Seine Hand streichelte ihren Bauch, wanderte zu ihrer Brust.

Elizabeth spürte eine Schwiele auf Etiennes Hand, die wie eine Nadel über ihre Haut fuhr. Sie setzte sich auf, zog den Schlafsack über ihren Körper. »Willste 'ne Tasse Tee?«

Etienne lächelte. »Ich will *dich.*« Er zog seine Jacke aus und legte sich neben sie. Er nahm ihr den Becher aus der Hand und stellte ihn auf den Boden;

dann liebkoste er ihr Gesicht mit beiden Händen und küßte sie sanft. Er roch nach Rasierwasser »Etienne, ich bin allergisch gegen Parfüms. Das habe ich dir schon mal gesagt.«

»Oh, tut mir leid. Hab ich vergessen. Ich geh schnell mein Gesicht waschen.«

Während Elizabeth wartete, versuchte sie, ihre Verwirrung unter Kontrolle zu bringen. Sie wußte, daß er nicht kam, um nur sein eigenes Verlangen zu befriedigen, sondern sie überraschen und ihr gefallen wollte. Wie könnte sie da nein sagen? Wie ihm ihre Verwirrung verständlich machen, ohne ihm das Gefühl zu geben, daß sie ihn nicht mochte, ihn nicht begehrte?

Er kehrte an ihr Bett zurück, nackt und erregt. Mit einem Finger der einen Hand drang er in sie ein, mit der anderen teilte er ihre Schamlippen, und er küßte und leckte ihren Kitzler – der einzige Mann, den sie kannte, der es richtig machte: weich und sanft, wie eine Frau. Elizabeth spürte das weiche, heiße Schmelzen, das so wunderbar war, fast schmerzhaft. Er brachte sie bis kurz vor die süße Explosion, dann war sein Körper über ihrem, und sein Schwanz drang in den Glutofen ein. »Oooooooh.«

»Ja, meine Kleine.«

Er nahm sie langsam, bewegte sein Becken so, daß er von jedem Winkel aus in sie eindrang – ein echter Künstler. Aber je größer sein Begehren wurde, desto härter und direkter stieß er tief und drängend. Ihre eigene Leidenschaft verpuffte und sie fühlte sich wie eine Zielscheibe. Etienne bemerkte nichts.

Sie spürte, wie er härter und größer wurde; seine Augen waren geschlossen und sein Kopf erhoben. Er spürte nicht, wie passiv sie unter ihm geworden war. »Bist du so weit, Baby?«

»Ja.«

Er kam.

Etienne sank neben ihr zusammen, lächelte und japste, die Augen noch immer geschlossen. Dann drehte er sich zu ihr hin und küßte zart ihren Busen und ihre Schulter. »Herr im Himmel, du bist wirklich phantastisch, Süße.«

Phantastisch? Dann war es also egal, ob sie mitging oder nicht? Elizabeth konnte nicht glauben, daß er so blind war. Sie drehte den Kopf, so daß sie ihm in die Augen blicken konnte. Er lag auf der Seite und hatte den Kopf auf die eine Hand gestützt. Mit der anderen zeichnete er die Kontur ihrer linken Brustwarze nach. Er begegnete Elizabeths Blick, aber nur für einen kurzen Moment. Er schaute auf seine Hand, die die Brustwarze nachzeichnete, als wäre dies eine wichtige Aufgabe, die höchste Aufmerksamkeit verlangte. Elizabeth wollte ihn zwingen, sie anzusehen, ihr richtig in die Augen zu blicken. Aber er war ganz versunken in den Anblick ihrer Brustwarze und in seinen eigenen Gedanken, und er sah sie nicht noch einmal an.

Sie betrachtete Etiennes Körper neben sich. Er hatte einen schönen Körper, straff, nicht besonders muskulös aber zäh, durchtrainiert. Eben schön. Bis auf die Farbe seiner Haut, ein mediterranes Olivbraun mit einem Stich ins Grünliche, das Elizabeth irgendwie ungesund fand. Sein Schwanz hing jetzt schlaff und glänzend von Elizabeths Feuchtigkeit, fast komisch in diesem schlappen Zustand, und so viel kleiner als vor ein paar Minuten. Elizabeth registrierte eine leichte Bewegung; seine Eier bewegten sich. »Warum tun die Eier von Männern das?« fragte sie.

Etienne blickte an sich herunter. »Keine Ahnung. Sie tun es nun mal. Sie haben ihren eigenen Willen.«

Elizabeth war insgeheim der Ansicht, daß Hoden das Häßlichste waren, was sie gesehen hatte, schrumpelig und kaum behaart, blödsinnig nach ihrem eigenen Takt wackelnd, und wenn man sie berührte, waren sie klebrig, wie eine halbkahle Seegurke. »Wolfgang hat prächtige Eier«, sagte sie.

Etienne grinste. »Ach ja? Ist mir noch gar nicht aufgefallen.«

»Sein Bauch ist cremefarben und sein Hinterteil auch, aber seine Eier sind schokoladenbraun. Sie heben sich so schön ab. Wenn er geht, wackeln sie hin und her. Ich sehe ihn gern von hinten. Die sehen richtig frech aus.«

»Haben die Eier von Katern Haare? Ich kann mich nicht erinnern.«

»Ja. Die sind pelzig und sauber. Sehr reinlich.«

»Bevor du mir jetzt sagst, ich hätte schmuddelige Eier, mache ich mich lieber aus dem Staub. Liz, ich weiß, es ist brutal, zu vögeln und dann zu gehen, aber ich muß zur Arbeit.« Er drückte einen Kuß auf jede Brustwarze und stand auf. »Bis heut' abend, ok? Weißt du was, wenn du's erträgst, koch ich. Was hältst du davon?«

»Okay.«

Während er sich wusch und anzog, sang er halb, halb summte er seinen alten Lieblings-Song von Elton John, *Rocket Man*. Elizabeth war still, starrte in ihren Teebecher, drehte ihn unablässig in ihren Händen. Sie fragte sich, ob Etienne sich wohl der Ironie des Titels bewußt war angesichts der letzten zwanzig Minuten. Schließlich kam er zum Bett, kniete sich neben Elizabeth, legte eine Hand auf ihr Knie und fragte: »Honey, ist irgend etwas nicht in Ordnung?«

Elizabeth blickte auf und direkt in seine Augen. Er wich dem Blick sofort aus. Was ist das? Wie kannst du in meinen Körper eindringen und vor meinem Blick Angst haben? Elizabeth spürte, wie in ihrem Kopf eine Tür zuklappte.

»Nein. Ich bin heute morgen einfach in einer ruhigen Stimmung. Schön, daß du gekommen bist.« Oh Gott, dachte sie. Warum habe ich das gesagt? Warum versuche ich immer, es den Männern recht zu machen?

»Ich auch. Bis heute Abend.«

Elizabeth fühlte sich erleichtert, als er gegangen war. Und schuldig. Etienne war so ein netter Typ, immer rücksichtsvoll, wirklich. Warum war sie wütend, weil er die Augen vor etwas verschloß, was ihm vielleicht unangenehm war; weil er sie übergangen und vergessen hatte – was hatte er denn vergessen? Etienne war ein empfindsamer, kundiger Liebhaber, aber da kam immer der Augenblick, kurz vor dem Höhepunkt, wo er seine Empfindsamkeit verlor, und zu vergessen schien, daß sie, Elizabeth, überhaupt existierte, wo er sich irgendwie von ihr zurückzog. Ihre Reaktion wurde unwichtig; sogar ihr Genuß wurde nebensächlich, so wie er sie am Schluß nahm. Er vollzog einen einsamen, selbstbezogenen Akt. Masturbierte. Und es spielte gar keine Rolle, wessen Körper gerade unter ihm lag. Aber das ist eigentlich nicht der Grund, dachte Elizabeth, denn wenn ich ehrlich bin, mache ich am Schluß genau das gleiche. Ich vergesse ihn, bin ganz auf meinen kommenden Orgasmus konzentriert. Dann erinnerte sie sich; er sollte ihr in die Augen sehen. Das war die Herausforderung, der er nicht gewachsen war. Das ist es, was mich nervt, dachte sie. Daß er mir nicht in die Augen sehen kann. Blödsinn. Niemand mag es, dir direkt in die Augen zu sehen. Außer Wolfgang.

Elizabeth stand auf und stellte sich ans Fenster. »Wolfgang? Wolfgang! Komm schon, alter Schmusekater, er ist weg.«

Heute Abend werde ich ihn bitten, mir den Schlüssel zurückzugeben. Keine Ahnung, wie er es aufnehmen wird, aber ich muß meinen Schlüssel zurückhaben.

»Wolfgang! Miez, Miez, Miez?«

Sandy Boucher
DAS SCHACHSPIEL

Das Haus war grau und viktorianisch, die Fassade ein Durcheinander verschiedener Stilrichtungen, vom schwermütigen *rythm and blues* des Fundaments über die Countrymusik der Geranien vor den Fenstern, dem *jazzigen* Schmuck eines verschnörkelten Simses hier, eines bleigefaßten Fensters dort und gekrönt von einem Kuppeldach. Früher war es einmal ein Einfamilienhaus, jetzt war es umgebaut zu sechs kleinen Apartments. Unseres lag im Parterre und schaute auf einen kleinen grasbewachsenen Hinterhof hinaus. Das Apartment von Conrad und Bridget lag direkt über unserem und war eine düstere Höhle mit zwei Zimmern, rußigen Wänden und zerfetztem Linoleumboden. Dieser Boden war nicht dazu angetan, Geräusche zu dämpfen, so daß wir in unserem Schlafzimmer die intimsten Augenblicke ihres Lebens mitbekamen, ebenso wie sie (bei dem Gedanken werde ich ganz rot) vermutlich die unseren.

Ich sah Conrad zum ersten Mal, als ich in die Divisaderostraße fuhr, um mir das Haus anzusehen und zu entscheiden, ob ich die Parterrewohnung für meinen Mann John und mich mieten sollte. Da ich vor dem Makler da war, trödelte ich im Eingang herum, sah mich wenig begeistert um und versuchte, an dem was ich sah, Gefallen zu finden, denn John und ich brauchten zum Monatsende eine neue Bleibe.

Die Haustür ging auf, und ein junger Mann trat ein. Er trug Jeans und T-Shirt, sein dunkles Haar war dick und verwuschelt und reichte ihm bis auf die Schultern. Aber es waren die Augen, die ich niemals vergessen werde. Sie waren schwarz und blickten mich so eindringlich an, daß mir im wahrsten Sinne des Wortes der Mund offen stehen blieb. Etwas vibrierte tief in meinem Inneren, wie ein *Jazz-Riff*, überraschend und doch vertraut in seiner Unvermeidlichkeit.

Einen kurzen Augenblick blickte er mich an, dann stürmte er mit einem schnellen interessierten »Hallo« an mir vorbei die Treppen hoch. Ich sah ihm nach, er drehte sich noch einmal nach mir um, seine Augen glänzten unnatürlich in der Dunkelheit. Das Abkommen zwischen uns war besiegelt.

John zu überzeugen, daß wir dieses Apartment mieten sollten, war nicht weiter schwer. Er brummte zwar, die Gegend sei gefährlich und wir würden bestimmt bald beklaut. (Tatsächlich wurden wir dort öfters ausgeraubt, und phantasievolle Gerechtigkeit sorgte dafür, daß die Einbrecher jedesmal nur meine Sachen mitgehen ließen und Johns nicht anrührten.) Nie werde ich den verzückten Ausdruck auf Conrads Gesicht vergessen, als er die Treppen herunterkam und sah, wie wir Kisten durch die Tür wuchteten.

Ich war gerührt von der Schüchternheit, mit der er sich als Conrad Klein vorstellte, John die Hand gab und mir nur einen kurzen vorsichtigen Blick zuwarf. Verlegen räusperte er sich und bot an, uns mit den Kisten zu helfen. Seine Stimme war rauh und dunkel.

Er war körperliche Arbeit gewöhnt und hob spielerisch Sachen hoch, mit denen John, der schlacksig und dünn war, zu kämpfen hatte. Und obwohl er sich in seiner Haut nicht wohl fühlte, genoß er es offensichtlich, Kiste um Kiste hereinzutragen. Sein großer üppiger Mund unter der schmalen Hakennase, flachen Wangen und einer hohen Stirn verzog sich zu einem sanften Lächeln. Während ich in den Kartons herumwühlte, spürte ich in meiner Brust eine ausgeprägte Wärme, ein Versprechen.

Seine Freundin Bridget hörte Bob Dylan, Conrad bevorzugte Jazzmusik. Wenn John und ich im Bett lagen, wurde wir von oben vom weichen, warmen Saxophon John Coltranes berieselt. Als dann die Platte zu Ende war, hörten wir es rumpeln und begriffen, daß ein Bett in schnellen regelmäßigen Stößen gegen die Wand gedrückt wurde. John und ich lagen schweigend und horchten, während Conrads Stimme immer lauter werdende Ohs an unsere Ohren trug. Die Stöße wurden schneller. Das ging viele Minuten so, und ich fragte mich, wie er so lange durchhalten konnte, und dachte an seine schön geformten Oberschenkel und den festen runden Po.

Ich lag da, überschwemmt von Gefühlen, mit

pochender Möse, war amüsiert und zugleich verärgert, das mit anhören zu müssen, und genoß dennoch jeden Augenblick. Ich empfand gegenüber Bridget Neugier und einen Hauch von Verachtung. Sie gab keinen Ton von sich, während Conrads Stimme sich zu einem Schrei steigerte. Dann war alles ruhig.

John und ich sprachen nie über dieses heimliche Belauschen. Was gab es da zu sagen… das zuzugeben hätte bedeutet, daß auch *sie* alles hörten, was *wir* taten. Das war für mich eigentümlich erregend, denn im Gegensatz zu Bridget war ich besonders im letzten intensiven Augenblick sehr lautstark, und ich wußte, daß Conrad mich hörte.

Er kannte die Geräusche, die ich in meinen verletzbarsten und intimsten Augenblicken von mir gab. Das lag unausgesprochen in der Luft, wenn er nach unten kam, um unser Telefon zu benutzen. (Ein armer Student, er konnte sich kein eigenes leisten.) Er kam ohne T-Shirt. Wollte er mich verrückt machen? John und ich spielten gerade Schach – ein Spiel, das er mir beigebracht hatte, während wir im Friedenskorps in Afrika waren – und nachdem er Conrad die Tür geöffnet hatte, kam er zurück zum Schachbrett, wo er am Zug war.

Ich tat so, als beobachtete ich John, sah aber Conrad an und fühlte buchstäblich, wie meine Brustwarzen unter der Bluse hart wurden und die ganze Vorderseite meines Körpers zu prickeln begann.

Er blickte mich nicht an, während er telefonierte, stand aber so, daß ich seinen Oberkörper von vorne betrachten konnte. Seine breiten, etwas abfallenden Schultern mündeten in einen muskulösen Hals, der Bizeps war hart unter erstaunlich weißer Haut. Sein Brustkorb waren zwei große Flächen mit dunkelbraunen Brustwarzen wie Schokoladentaler. Die Jeans saßen tief auf den Hüften und ließen einen zarten flachen Bauch und den Schwung des Hüftknochens sehen, darüber war sein Körper mit Muskelsträngen modelliert. Wie schüchtern du warst – und was für ein Geschenk: fünf Minuten deinen Körper bewundern zu dürfen. Ich würde jeden Zentimeter von dir ablecken.

»Du bist am Zug«, sagte John.

Bevor er wieder ging, interessierte sich Conrad für unser Schachspiel und sagte, daß er auch spiele. John fragte, ob er nicht mal Lust habe, mit einem von uns zu spielen, und Conrad sah so glücklich aus, daß seine Augen leuchteten.

So fing es an. An mindestens zwei Abenden pro Woche kam er zu uns. Das erste Spiel spielte er gegen John, aber währenddessen führten er und ich ein Gespräch, das John zwar einbezog (denn es war offensichtlich, daß Conrad John sehr mochte und ihn besser kennenlernen wollte), aber noch dazu eine Ebene der Kommunikation hatte, die nur für Conrad und mich bestimmt war. Ich erfuhr, daß er ein vom Jazz besessener Mathestudent war. Und es war schnell klar, daß seine Schweigsamkeit sich nur auf *small talk* und Höflichkeitsfloskeln erstreckte. Sobald es um Jazz ging, drückte er sich mit leidenschaftlicher Genauigkeit aus. Ich für meinen Teil habe immer schon viel Musik gehört und weiß, was mir gefällt.

Von oben kam der nasale Monolog Bob Dylans, während Conrad und ich verschiedener Meinung waren. Er bewunderte den kargen, modernen Ton von Albert Ayler, während ich Ayler zu abstrakt, zu kalt fand. Die leidenschaftliche, wütende Kraft von Charlie Mingus war mehr nach meinem Geschmack. Conrad fand ihn »zügellos«, mit »brillanten Zügen«, wie er sagte, »aber undiszipliniert«. Conrad erklärte mir feinfühlig und nicht von oben herab, daß die dichteste und experimentierfreudigste Musik, die von schwarzen Musikern gemacht wurde, kein Jazz, sondern »schwarze klassische Musik« sei, und ich erinnerte mich, daß er aus New York kam, wo solche Urteile üblich waren.

John, der lieber Joan Baez hörte, klinkte sich bald aus dem Gespräch aus und konzentrierte sich auf das Schachspiel. Ohne direkt danach zu fragen, erfuhr ich den Grund für Conrads Muskeln. Etwas widerstrebend erzählte er mir, daß er auf der High school in der Bronx Football gespielt hatte und nun ab und zu mit Gewichten trainierte.

»Schachmatt!«

Conrad schaute erst verblüfft, dann amüsiert, und seine Augen suchten die meinen.

John war zufrieden. Wir saßen zu dritt noch eine halbe Stunde zusammen, tranken Kaffee, rauchten Zigaretten und redeten über den Studentenstreik am San Francisco State College. Der Streik war ausgerufen worden, um von der Verwaltung eine Abteilung für Schwarze Studien zu erzwingen. Die *Schwarzen Panther* waren auch involviert. Es klang stürmisch und aufregend, und Conrad war mitten im Geschehen. Ich erzählte ihm, daß ich als Streikposten vor Denny's aufgestellt war, wohin ich jeden Abend nach meinem Sekretärinnenjob bei einer Auto-Leasing-Firma in der Stadt ging.

John, der die Arbeit in der Volksschule aufgegeben hatte, um in einem Programm für sozial benachteiligte Kinder im Vorschulalter mitzuarbeiten, erzählte Conrad von seinen Erfolgen und Frustrationen. Wir drei waren in den meisten Dingen einer Meinung. Wir würden Freunde sein.

Bald spielten Conrad und ich miteinander Schach. Wir saßen uns am Schachbrett gegenüber, Conrad vor sich hinbrütend, mit krummem Rücken. Seine Augen huschten wie schwarze Kaninchen zwischen den Figuren hin und her. Wir rauchten pausenlos und griffen ab und zu neben das Brett zum Aschenbecher. Wir rauchten, um Zeit zu gewinnen, um in uns zu gehen, um unseren hungrigen Lippen etwas zu tun zu geben. Wie ich seinen Mund mit Blicken verschlang... Die Oberlippe mit einer kleinen Kerbe in der Mitte, die Unterlippe feucht und glänzend. Er wußte, daß ich ihn ansah. Und wenn er sich traute, mir in die Augen zu sehen, verschlug es uns beiden den Atem, und wir widmeten uns schnell wieder den Schachfiguren. Die Luft zwischen uns war so lustgeschwängert, daß ich bis heute nicht verstehe, wieso sie sich nicht entzündete, wenn wir uns eine neue Zigarette ansteckten.

Wenn wir beide zur gleichen Zeit nach unseren Zigaretten griffen, berührten sich manchmal unsere Fingerspitzen. Dieser kurze Kontakt war wie ein elektrischer Schlag, und für einige Augenblicke waren wir gelähmt, vor den Kopf geschlagen, und konnten nicht weiterspielen.

Wie gesagt, John hatte mir Schachspielen beigebracht, während wir in Afrika waren. Damals arbeiteten wir in einem entlegenen Dorf, wo es zu meinem Bedauern keine Steckdose für den Plattenspieler gab. Während der langen schwülen Abende saßen wir vor unserer Hütte und spielten Schach, vom halben Dorf beobachtet.

Im ersten Jahr gewann ich kein einziges Spiel gegen ihn. John sagte mir, das sei völlig normal. Nun, nach drei Jahren Ehe, gewann ich zumindest jedes zweite und manchmal sogar zwei hintereinander. Ich sah zu, wie Conrads Hand die Dame hochhob und über dem Brett schweben ließ. Seine Hand war kräftig, am Gelenk von schwarzen Haaren gesäumt, mit breitem Rücken und schmalen Fingern. Seine Fingernägel waren immer sauber und gerade geschnitten. Er räumte meinen Läufer seiner Königin aus dem Weg und setzte sie auf dessen Feld. Dann griff seine Hand nach der Zigarette im Aschenbecher und führte sie zum Mund. Ich beobachtete seine sich spitzenden Lippen, als er inhalierte; dann quoll der Rauch aus seinem offenen Mund, wo seine gleichmäßigen Zähne schimmerten und ich die Andeutung einer rosigen Zunge erblickte.

Ich nahm einen tiefen Lungenzug und beugte mich über das Brett, starrte auf die vordringende Dame und fühlte am ganzen Körper ein heißes Prickeln, das meine Haut zusammenzog. Ich ließ den Bauern seine Dame bedrohen, blickte auf und sah seinen Blick auf meinen Lippen.

Ein ganzes Jahr lang saßen wir – mindestens zwei Abende pro Woche – über dem Schachbrett, jedesmal in einem Zustand höchster Erregung, rauchten Zigaretten und mieden Augen und Finger des anderen. Wir hörten die Platten, die Conrad mitbrachte und manchmal zeigte ich ihm etwas anders – wie zum Beispiel eine *Folkways* LP mit frühem Jazz aus den Südstaaten, die ich in der Bücherei gefunden hatte. Ich betrachtete seinen Hintern in den engen Jeans, wenn er durch das Zimmer ging, und wenn er sich umdrehte, sah ich die Wölbung unter seinem Reißverschluß, und eine heiße kleine Hand öffnete meine Möse.

Manchmal trafen John und ich und Conrad und Bridget uns zum Essen in ihrer Wohnung oder in unserer. Wir tranken Bier oder Rotwein, aßen Spaghetti, rauchten vielleicht einen Joint und hörten Musik. Bridget, die aus dem Süden kam und extrem hübsch war, hatte in bezug auf Männer eine besondere Technik: Sie stellte ihnen Fragen und lauschte dann mit großen bewundernden Augen ihren Antworten. Diese Abende wurden schnell langweilig; die Männer hielten Vorträge über alles mögliche, von Weltpolitik bis zur Autoreparatur, und ich saß daneben, wie gefangen in meiner Irritation. Die ganze Zeit über waren Conrad und ich darauf bedacht, einander zu meiden und uns auf unseren jeweiligen Partner zu konzentrieren. Bridget schaute selten in meine Richtung und fragte niemals nach meiner Meinung zu einem Thema.

Conrad und ich lebten mit unserem Verlangen nacheinander. Es war etwas, das wir ständig mit uns herumtrugen. Manchmal wuchs es zu ernormer, unhandlicher Größe heran, dann schrumpfte es wieder auf taktvolle Proportionen. Wir warteten. Ich erinnere mich an einen Nachmittag, als ich hinter dem Haus ein Sonnenbad nahm. Ich lag auf dem Bauch, atmete den frischen Geruch des Grases und genoß die Hitze auf meinen nackten Schultern. (Ich trug einen Badeanzug.) Von oben, aus Conrads Apartment drang seine Musik. Diesmal Ornette Coleman, der mit Paul Bley spielte: kompliziert verwobene Klänge wie reflektierende Lichter auf dem Rasen. Allmählich spürte ich etwas, drehte mich um und blickte hoch. Dort stand Conrad, die kräftigen Arme auf der Fensterbank.

Sein Mund war geöffnet und seine dunklen Augen schauten fasziniert und verträumt. Er betrachtete meinen Körper und ich spürte meine geöffneten Schenkel, meinen Bauch und mein Dekolleté, das über dem Badeanzug von rosa Striemen überzogen war. Sein Körper hätte genauso gut direkt auf mir liegen können. Es war zuviel für mich. Ich drehte mich stöhnend wieder um und vergrub mein Gesicht im Gras.

Und Nacht für Nacht hörten John und ich die

Geräusche von oben. Es begann mit kaum hörbarem Klopfen, Schütteln und Berühren der Wand – tock tock tock – und wurde dann lauter und stärker, bis die Decke über uns vibrierte. Ich stellte mir vor, wie er im Bett auf den Knien mit schweißglänzendem Körper sie nahm und stieß und bohrte. Nun kam seine Stimme, eine tiefe Begleitung der Bewegung – oh oh oh – immer lauter.

John lag vollkommen still, so wie ich. Wir hatten bereits miteinander geschlafen, und dies war der Kontrapunkt. Er schwoll an zu einer wilden Folge von Stößen, und Conrads Stimme führte ihn zum Gipfel. Dann das lange Stöhnen seiner Erfüllung. Und Ruhe.

Ich weiß nicht, ob John diese Vorführung erregt hat wie mich, aber selbst wenn – zwischen uns gab es die stillschweigende Übereinkunft, dies nicht für unsere eigene Stimulierung und weitere Vögelei auszunutzen. Wir lagen totenstill, und meine Möse pulsierte heftig.

Dann fuhr John ein Wochenende zu einer Pädagogenkonferenz nach Chicago. Er war begeistert, und es tat uns beiden leid, daß ich ihn nicht begleiten und seinen Vortrag hören konnte. Als ich ihn zum Flughafen gebracht hatte, kam ich rechtzeitig nach Hause, um das Telefon klingeln zu hören. Ich hob ab, und da war diese tiefe, kratzige Stimme.

»Kann ich mit Musik runterkommen?«

Ich atmete tief ein und hielt die Luft an. Dann fragte ich: »Und Bridget?«

»Die ist vor zwei Tagen nach Knoxville zu ihren Leuten gefahren.«

Ich atmete aus, und meine Stimme war hell und klar. »Ja, komm runter. Sofort.«

An jenem Nachmittag hörten wir eine Platte. Conrad hatte Miles Davis' *Round Midnight* mitgebracht, und ich war ihm dankbar für diese Geste, denn bei Miles Davis trafen sich unsere sonst so konträren Geschmäcker. Wir saßen einander gegenüber und hörten den weichen, satten und intimen Klang der gedämpften Trompete, die entspannt und methodisch die Melodie führte, gefolgt von dem Piano. Diesmal konnten wir uns einfach nicht ansehen, nur einige schüchterne Seitenblicke, als Schlagzeug und ein leiser Bass sich der Trompete anschlossen. Dann nahm das Saxophon das Thema auf, sexy und einschmeichelnd, wie ein Gespräch an einer sonnenüberfluteten Straßenecke; Bass und Piano kommentierten leise, eine Zimbel folgte ihnen. Langsam wurde mir bewußt, daß wir ganz allein im Haus waren. Niemand wartete oben und lauschte. Wie ein warmer Hauch gesellte sich die Trompete zum Saxophon, und beide beendeten das Stück. Wir standen auf und gingen aufeinander zu. Noch bevor das nächste Stück anfing, sagte ich: »Komm ins Schlafzimmer.«

Ich sah zu, wie er aus seinen Jeans stieg; ein stämmiger beschnittener Schwanz erhob sich aus dichtem gekräuseltem Haar, das nicht annähernd so dunkel war wie das Haar auf seinem Kopf. Während er mir aus den Kleidern half, berührte ich seine schokoladenbraunen Brustwarzen, und er erschauerte. Bis dahin war sein Blick glänzend und wie benommen gewesen. Nun blickte er mir in die Augen, und wir lächelten einander an.

Die nächste Stunde erinnere ich nur bruchstückhaft, klare Augenblicke wie kleine leuchtende Inseln einer Solotrompete in einem ruhigen Fluß aus Bass und Piano, sanft und zugleich unergründlich tief.

Der Kontrapunkt des nächsten Stücks, »Ah Leu Cha«, Saxophon und Trompete spielen miteinander, dann übernimmt die Trompete die Führung, stürzt sich in die Noten, sprudelt sie in Spiralen aus. Sein harter Schwanz an meinem Venushügel. Ich greife nach unten, streichele seine Seite und lasse dann seinen Penis zwischen meine Schenkel gleiten, bis er in seiner ganzen Länge gegen meine Vagina drückt. Unsere Lippen finden sich, und wir küssen uns, als wären unsere Körper ein einziger Mund. Gleichzeitig fühlt meine Haut jeden Zentimeter seiner Haut. Unsere Hitze entflammt mich. Ganz leicht bewege ich meine Hüften, sein Schwanz ist gefangen zwischen meinen Schenkeln.

Einmal starre ich an die Decke und frage mich, ist er *tatsächlich hier* bei mir? Nicht oben? Schlagzeug und Piano antworten, bilden ein starkes Netz, auf dem das Saxophon wie ein Tropfen Quecksilber tänzelt.

Sein dunkler Kopf dort zwischen meinen Schenkeln, seine forschende Zunge. Das Piano übernimmt, feiert mit Fächern und Armbändern aus Musik, während meine Lippen über seine Brust wandern, seine braunen Brustwarzen hart werden lassen. Ich küsse und streichle seine Brust mit der einen Hand und halte seinen Schwanz in der anderen. Groß, hart, beinahe pochend vor Gier. Aber er läßt zu, daß ich ihn erkunde, seinen Bauch mit den Lippen streife und sogar seine haarigen Eier in den Mund nehme. Sein Geruch! Schweiß und ein süßlich-scharfer Duft nach Sex.

Saxophon und Trompete verstricken sich in kraftvolle Klangschnörkel. Über mir biegt sich sein Körper, seine Schenkel umarmen mein Gesicht, sein Penis und die Eier sind nur wenige Zentimeter entfernt. Ich strecke die Hand aus, um seinen Schwanz zu streicheln, seine Eier zu liebkosen. Er stöhnt vor Lust, seine Zunge spielt in meiner offenen heißen Möse. Ich bewege mich stöhnend.

Und jetzt will ich seinen Schwanz in meinem Mund. Ich biege ihn mir zu und nehme ihn, sauge und fahre an seinem Schaft auf und ab. Er schmeckt wunderbar nach ihm. Ich bin so kurz vor dem Höhepunkt, daß ich phantasiere.

Miles ist jetzt weit weg, anmutig und elegant wie ein Tänzer mit breitkrempigem Hut, durch die leichten Wendungen von »All of You«. Er ist weit, weit entfernt, als Conrads Gesicht mit wilden verschleierten Augen über mir auftaucht. Und sein Schwanz dringt in mich ein. Wir schreien beide auf. Ich will ihn, ihn ganz, in mir. Dann fickt er mich, zuerst langsam, wie ich es geahnt hatte. Sein Blick bohrt sich in meinen, während ich seine Brust streichle, den Kopf zur Seite drehe, um sein Handgelenk neben meinem Hals zu küssen. Dann immer schneller und mit jedem Stoß spüre ich, wie sein

Becken mich hält, wie sein Penis tiefer in mich dringt.

Unsere Stimmen klingen zusammen, laut und jubilierend und erobert.

Wir hören die Trompete, entspannt, umschmeichelt von der Vertrautheit dieser alten Melodie, die die ganze Zeit im Hintergrund spielte, wie alltäglich, wie das Saxophon jetzt süß über sie streicht, sie berührt und mit ihr spielt, um sie schließlich an das Piano weiterzureichen. Conrads Stimme vibriert, als er sagt: »Oh, ich bin ja so *froh*.«

Das ist alles, was zwischen uns gesprochen wurde, bis die Nacht den Raum erfüllte, unsere Mägen knurrten und wir diese Platte bestimmt fünfzigmal gehört hatten. Dann standen wir auf und aßen. Ich erinnere mich, wie er nackt auf einem Küchenstuhl saß, einen Hamburger aß, sein Schwanz schlapp auf seinem behaarten Schenkel lag und sein Gesicht mich verträumt anlächelte.

Wir verbrachten das ganze Wochenende im Bett, liebten uns und ruhten aus, rauchten und liebten uns und sprachen wenig. Sonntag abend ging er wieder nach oben, und ich fuhr zum Flughafen, um John abzuholen.

Zwei Wochen später fuhr er an die Ostküste, sein Abschiedsbesuch wurde durch Johns Gegenwart beklemmend. Aber das Band zwischen uns ist niemals gerissen. Wir haben uns in den letzten zwanzig Jahren zweimal gesehen, jedesmal konnten wir uns nur über große Entfernung schreiend verständigen. Aber mindestens zweimal im Jahr kommt ein Brief von ihm, über seinen Beruf, seine Frau, seine Kinder und über die Musik, die er jetzt mag. Und ich schreibe ihm Dinge, die ich niemandem sonst erzählen würde, denn ich weiß, daß er meine Geständnisse mit Liebe aufnehmen wird und froh ist, mit mir zusammen auf dieser Welt zu sein.

Das Schachspielen habe ich übrigens aufgegeben. Nach einiger Zeit hat es mich nicht mehr interessiert. Mein jetziger Ehemann würde erstaunt die Augenbrauen hochziehen, wenn ich ihm ein Spiel vorschlagen würde. Aber ich täte das sowieso nicht. Wer könnte schon Conrad als Partner das Wasser reichen? So unvergleichlich herausfordernd. Und befriedigend.

Audre Lourde

MEIN NAME HAT EINEN NEUEN KLANG

Gerri war jung und schwarz und lebte in Queens und fuhr einen hellblauen Ford, den sie Bluefish nannte. Mit ihren sorgsam frisierten Haaren und den Männerhemden und grauen Flanellhosen sah sie ziemlich spießig aus, was aber gar nicht mehr stimmte, wenn man sie erst einmal richtig kennengelernt hatte.

Eingeladen von Gerri, und häufig auf ihren vier Rädern, waren Muriel und ich oft auf Wochenendparties in den Häusern verschiedener Frauen in Brooklyn und Queens.

Eine der Frauen, die ich auf diesen Parties getroffen hatte, war Kitty.

Als ich Kitty viele Jahre später wiedertraf – im *Swing Rendezvous* oder im *Pony Stable* oder dem *Page Three*, auf meiner Runde durch die zweitklassigen Lesbenbars, die ich in jenem traurigen Frühling des Jahres 1957 alleine zu machen pflegte, fiel mir der Duft der grünen Sommernacht in St. Albans im New Yorker Stadtteil Queens sofort wieder ein, der Geruch von Schonbezügen aus Plastik und Brandy und Haaröl und Frauenkörpern auf der Party, auf der wir uns begegnet waren.

In jenem Holzhaus mit Steinfassade in Queens war der holzverkleidete Partykeller voller Leben und lauter Musik, gutem Essen und schönen schwarzen Frauen in allen möglichen Aufmachungen.

Man sah Kammgarnanzüge über stärkeglänzenden Hemdkragen, die als Zugeständnis an die hochsommerlichen Temperaturen aufgeknöpft waren, und weiße Garbardinehosen mit Bundfalten oder schmalgeschnittenes Elitecollege-Styling für die besonders Schlanken.

Man sah weizengelbe Cowden-Jeans, die große Mode in jenem Sommer, mit messerscharfen Bügelfalten, und, sogar schon damals, das eine oder andere Paar graue Hosen mit Schnallen über sorgfältig geweißten Wildlederschuhen. Es gab jede Menge Militärgürtel aus den Army-Stores, breite schwarze Ledergürtel mit glänzenden dünnen Schnallen, und Oxfordhemden aus dem neuen, bügelfreien Dacron, steif, durchsichtig und raschelnd. Diese Hemden, kurzärmelig und im Herrenschnitt, steckten in Hosen mit Gürtel oder in hautengen Röcken. Nur das eine oder andere Jerseystrickhemd wurde darüber getragen.

Bermudashorts und und ihre kürzeren Ausgaben, die Jamaikas, kamen damals gerade in Mode in der Lesbenszene, deren Regeln ebenso hart waren wie die der 7th Avenue oder von Paris. Diese Shorts wurden sowohl von den *Butches** als auch von den *Femmes** getragen und fanden deshalb nur langsam

* **Butch** wird im deutschen als **kesser Vater** bezeichnet und ist der ›männliche‹ Part einer lesbischen Beziehung, **Femme** der ›weibliche‹ Part.

den Weg in die Garderobe modebewußter lesbischer Frauen – wegen der Signale. Die Art der Kleidung war oft die wichtigste Form, die gewählte sexuelle Rolle zu signalisieren.

In jenem Partykeller fielen hier und da schon knielange Hemden ins Auge, die über tief ausgeschnittenen engen Bodies getragen wurden, außerdem hautenge Kleider und hochhackige glänzende Pumps neben Wildleder- und Turnschuhen und Slippern.

Femmes trugen die Haare in glattgezogenen Innenrollen oder hochtoupiert zu modellierten Lockentürmen oder im Fransenschnitt, der die Gesichter umrahmte. Der süßlich-saubere Duft von Kosmetiksalons, der in den 50er Jahren über allen Gruppen von schwarzen Frauen hing, war auch hier gegenwärtig, der eindeutige Geruch nach Lockeneisen und Haarpomade mischte sich mit den anderen Gerüchen des Raumes.

Die *Butches* trugen die Haare kürzer, als Entenschwanzfrisur hinten zu einer Spitze geformt oder einen kurzen Pagenkopf einen Pudelschnitt, den Vorgänger des Afrolook. Aber das war eher eine Seltenheit, und ich kann mich nur an eine Frau auf dieser Party erinnern, deren Krause nicht geglättet war, und sie war eine Bekannte von der Lower East Side mit Namen Ida.

Auf einem Tisch hinter der eingebauten Bar standen geöffnete Flaschen Gin, Bourbon, Scotch, Soda und mehrere Mixbecher. Die Bar war gedeckt mit kleinen Köstlichkeiten aller Art: Kartoffelchips und

Dips und kleine Crackers und Schnittchen, die mit dem üblichen Tupfer Eiersalat und Sardinenpaste verziert waren. Auch ein Tablett voller lecker gebratener Hähnchenflügel stand da und eine Schüssel mit Kartoffel-Eier-Salat in Vinaigrette. Kleine Teller mit Oliven, Mixed-Pickles, Cocktailäpfelchen und Perlzwiebeln auf Zahnstochern umrahmten die Hauptgerichte.

Aber das Glanzstück des Tisches war eine riesige Platte mit saftigem und hauchdünn geschnittenem Roastbeef, das auf zerstoßenem Eis kühl gehalten wurde. Auf der beigefarbenem Unterlage war jede Scheibe des rohen Fleisches liebevoll und individuell zu einer kleinen Möse gefaltet, gekrönt von einem Tupfer Mayonnaise auf dem richtigen Fleck. Das rosa-braune gefaltete Fleisch um den blassen, cremiggelben Tupfer bildete einladende Skulpturen, die alle begeisterte, und Pet, in deren Haus die Party stattfand und deren Idee diese Fleischkunstwerke gewesen waren, nahm lächelnd und mit anmutigem Neigen ihres eleganten Tänzerhauptes die vielen Komplimente entgegen.

Die besondere Mischung aus heißen Körpern und guter Musik, die über dem Raum hing, ließ mich an die junge schwarze Frau mit den hohen Wangenknochen, der seidigen Stimme und dem aufmerksamtaxierenden Blick denken. (Ihr Mund erinnerte mich irgendwie an Ann, die Krankenschwester, mit der ich zusammengearbeitet hatte, kurz nachdem ich von zu Hause ausgezogen war.)

Kitty saß auf der Kante der niedrigen Bank neben

mir und wischte sich geistesabwesend mit einer flinken Abwärtsbewegung ihrer zarten Zeigefinger den zerlaufenden Lippenstift aus den Mundwinkeln.

»Audre .. das ist ein schöner Name. Wovon ist das denn die Abkürzung?«

Die feuchten Haare auf meinem Arm sträubten sich zur Ruth-Brown-Musik und der Hitze. Ich konnte es nicht ausstehen, wenn jemand irgendwas über meinen Namen sagte, nicht einmal so harmlos.

»Von gar nichts. Bloß Audre. Wovon ist Kitty denn die Abkürzung?«

»Afrekete«, sagte sie, schnippte mit den Fingern im Rhythmus der Musik und lachte auf. »Das bin ich. Das schwarze Miezekätzchen.« Sie lachte wieder. »Ich mag deine Frisur. Bist du Sängerin?«

»Nein.« Sie blickte mich immer noch mit großen Augen an.

Ich war plötzlich ziemlich verlegen, weil ich ihrem ruhigen erotischen Blick nichts entgegenzusetzen hatte, also stand ich abrupt auf und sagte in bestem Stan-Laurel-Tonfall: »Komm tanzen.«

Ihr Gesicht war breit und sanft unter dem zu hellen Make-up, aber während wir Foxtrott tanzten, fing sie an zu schwitzen, und ihre Haut wurde dunkel und schimmerte satt. Kitty schloß beim Tanzen die Augen, ihr goldgefaßter Frontzahn blitzte auf, wenn sie lächelte, und manchmal biß sie sich im Rhythmus auf die Unterlippe.

Ihr gelbes Popelinehemd, geschnitten wie eine Uniformjacke, hatte einen Reißverschluß, der in der sommerlichen Hitze halb offen stand und zwei

Schlüsselbeine sehen ließ, die wie braune Flügel von ihrem langen Hals wegführten.

Klamotten mit Reißverschlüssen waren unter den liberalen Lesben hoch angesehen, weil sie zu bestimmten Anlässen sowohl von *Butches* als auch von *Femmes* getragen werden konnten, ohne feindselige oder lästige Kommentare auszulösen. Kittys enger, gut gebügelter Khakirock wurde von einem schwarzen Gürtel zusammengehalten, der meinem ähnlich, aber sehr neu war, und neben ihrer gepflegten Aufmachung kam ich mir in meinen abgetragenen Reiterhosen ziemlich schäbig vor.

Ich fand sie sehr hübsch und hätte gern so elegant und vor allem so mühelos getanzt wie sie. Ihr Haar war geglättet zu kurzen fransigen Wellen, und in diesem Raum voll aufgedonnerter Wasserwellen und Entenschwänzen und Innenrollen war dieser Schnitt meinem am ähnlichsten.

Kitty duftete nach Seife und Jean Naté, und ich dachte immer wieder, daß sie größer wirkte, als sie eigentlich war, denn sie hatte so einen Duft an sich, den ich immer mit großen Frauen assoziierte. Noch ein anderer, würziger Geruch fiel mir auf, den ich später als eine Mischung aus Kokosnußöl und Yardleys Lavendel-Haarpomade erkannte. Ihre Lippen waren voll und der Lippenstift dunkel und glänzend, die neue Max Factor Farbe »Warpaint«.

Der nächste Tanz war ein langsamer »Fish« und kam mir sehr entgegen. Bei den meisten anderen Tänzen wußte ich nie, ob ich führen oder mich führen lassen sollte, und das zu entscheiden war für mich mindestens so schwierig wie die Unterscheidung zwischen links und rechts.

Irgendwie ist mir diese einfache Sache nie in Fleisch und Blut übergegangen, und dieses ewige Überlegenmüssen kostete mich meist zu viel Energie, um die Bewegungen und die Musik genießen zu können.

Aber »Fish« war anders, eigentlich ein Vorläufer des späteren Onestep und im Grunde ein langsames, hüftschwingendes Schieben. Die tiefhängende rote Lampe und die überfüllte Tanzfläche ließen uns gerade genug Platz, einander Arme um Nacken und Taille zu legen, und die langsame, intime Musik bewegte unsere Körper mehr als unsere Beine.

Es war in St. Alban, Queens, vor fast zwei Jahren gewesen, als Muriel ihren sicheren Platz in meinem Leben zu haben schien. Jetzt, im Frühling dieses neuen Jahres, hatte ich meine Wohnung wieder für mich allein, aber ich trauerte. Ich vermied es, befreundete Pärchen zu besuchen oder eine gerade Anzahl von Gästen zu mir einzuladen, weil deren Glück, einfach ihr Zusammensein, mich so sehr verletzten, denn so etwas gab es in meinem Leben, in das Muriel ein großes Loch gerissen hatte, nicht mehr. Seit wir uns getrennt hatten, war ich weder in Queens noch auf einer Party gewesen, und die einzigen Leute, die ich außerhalb von Job und Schule sah, waren die Freunde, die im *Village* lebten und den Weg zu mir fanden oder die ich zufällig in einer Bar traf. Die meisten von ihnen waren Weiße.

»Hey, lange nicht gesehen.« Kitty erspähte mich

zuerst. Wir gaben uns die Hand. In der Bar war wenig los, also war es vermutlich das *Page Three*, das sich erst nach Mitternacht zu füllen pflegte. »Wo ist deine Freundin?«

Ich erzählte ihr, daß Muriel und ich nicht mehr zusammen waren. »Echt? Das ist aber schade. Ihr habt so gut zueinander gepaßt. Aber so ist das Leben. Wie lange führst du schon ›unser Leben‹?«

Ich starrte Kitty an, ohne zu antworten, und überlegte, wie ich ihr erklären könnte, daß es für mich nur ein Leben gab, und zwar mein eigenes, wie immer ich es auch leben mochte. Aber sie schien meine Gedanken lesen zu können.

»Ist nicht so wichtig«, sagte sie vage und trank ihr Bier aus, das sie mitgenommen hatte zu meinem Platz an der Bar. »Wir haben sowieso nur ein Leben. Zumindest auf dieser Welt.« Sie nahm meinen Arm. »Komm, wir tanzen.«

Kitty war immer noch perfekt gekleidet und schlank, aber ihr Lächeln war irgendwie lockerer, und sie trug viel weniger Make-up. Ohne diese Tarnung erinnerten mich ihre schokoladenbraune Haut und der ausdrucksvolle Mund an eine Bronzefigur aus Schwarzafrika. Ihr Haar war immer noch glattgezogen, aber kürzer, und ihre schwarzen Bermudashorts und Kniestrümpfe paßten zu ihren erstaunlich glänzenden schwarzen Slippers. Ein schwarzer Rollkragenpullover vervollständigte ihre perfekte Aufmachung. Dieses Mal wirkten meine Jeans neben ihr irgendwie nicht schäbig, eher wie die Variation eines ähnlichen Outfits. Vielleicht weil unsere Gürtel zueinander paßten, sie waren beide schwarz und hatten eine Messingschnalle.

Wir gingen in den hinteren Raum und tanzten zu Frankie Lymons »Goody, Goody« und dann zu einem Calypso von Belafonte. Diesmal wußte ich beim Tanzen, wer ich war und wohin mein Körper gehen wollte, und dieses Gefühl war für mich wichtiger, als zu führen oder geführt zu werden.

Der Raum war sehr warm, obwohl es erst Frühling war, und als das Lied zu Ende war, lächelten Kitty und ich uns an. Wir standen auf der Tanzfläche und warteten auf die nächste Platte und den nächsten Tanz. Es war ein langsamer Sinatra. Als wir uns zu der schmalzigen Musik bewegten, kamen sich unsere Gürtelschnallen immer wieder ins Gehege, und wir drehten sie zur Seite, als niemand hinschaute.

Während der letzten paar Monate, seit Muriel ausgezogen war, war meine Haut kalt und hart gewesen und hatte mich umgeben wie dünnes gefrorenes Leder, das in Form blieb.

In jener Nacht auf der Tanzfläche des *Page Three*, als sich unsere Körper beim Tanzen berührten, spürte ich, wie mein Panzer langsam weich wurde und schließlich schmolz, und eine warme, fast vergessene Vorfreude überflutete mich, die jeder Kontakt unserer tanzenden Körper aufs neue entfachte.

Ich spürte, daß sich auch in ihr etwas leise bewegte, als würde ein fester Knoten gelockert, und schließlich gingen wir gar nicht mehr zurück an die Bar, sondern blieben auf der Tanzfläche, warteten auf die nächste Platte und tanzten nur noch miteinander.

Kurz nach Mitternacht verließen wir zusammen in wortlosem, gegenseitigem Einverständnis das *Page Three* und gingen durch das West Village zur Hudson Street, wo sie ihren Wagen geparkt hatte. Sie hatte mich zu sich auf einen Drink eingeladen.

Als wir den Sheridan Square überquerten, wurde der Schweiß unter meinen Brüsten, der sich während des Tanzens dort gebildet hatte, in der Nachtluft eiskalt. Ich blieb kurz stehen und winkte den Stammgästen von *Jim Atkins Coffeeshop* an der Ecke Christopher Street durchs Fenster zu.

Während wir fast wortlos in ihrem Wagen in Richtung *uptown* fuhren, versuchte ich, nicht nachzudenken. Die Quelle unter meinem Magen schmerzte und breitete sich wie Quecksilber über meinen Körper zwischen meinen Beinen aus. Der Geruch ihres warmen Körpers, der sich mit dem Duft ihres leichten Parfüms und der Lavendelpomade mischte, erfüllte den Wagen.

Meine Augen ruhten auf ihren kokusnußduftenden Händen am Lenkrad und auf dem Schwung ihrer Wimpern, während sie auf die Straße schaute. Sie erleichterte es mir, auf ihre sporadischen Bemerkungen mit gelegentlichem freundlichem Brummen zu reagieren.

»Ich bin schon ewig nicht mehr in den Bars downtown gewesen, weißt du? Es ist komisch. Ich weiß nicht, warum ich das nicht öfter mache. Aber ab und zu sagt mir eine innere Stimme: geh, und dann gehe ich. Das ist wahrscheinlich etwas anderes, wenn man hier wohnt.« Sie lächelte mich goldblitzend an.

Als wir die 59. Straße kreuzten, hatte ich einen akuten Panikanfall. Wer war diese Frau überhaupt? Angenommen, sie wollte wirklich nur etwas mit mir trinken? Angenommen, ich hatte ihre Einladung völlig mißverstanden und würde bald *uptown* gestrandet sein, um drei Uhr in der Frühe an einem Sonntagmorgen, und habe ich überhaupt genug Geld dabei für das Taxi nach Hause? Habe ich den Katzen genug Futter hingestellt? Würde Flee morgen früh mit ihrem Fotoapparat rüberkommen und würde sie die Katzen füttern, wenn ich nicht da wäre? Wenn ich nicht da wäre.

Wenn ich nicht da wäre. Die Tragweite dieses Gedankens war so verwirrend, daß es mich fast aus dem Wagen warf.

Ich hatte in jener Nacht nur Geld für ein Bier gehabt, also wußte ich, daß ich keinen sitzen hatte, und Gras gab es nur bei besonderen Anlässen. Ein Teil von mir fühlte sich wie eine rasende Löwin, entflammt vor Begehren. Sogar die Worte, die ich dachte, wirkten wie aus einem Groschenroman. Aber dieser Teil von mir war betrunken von der Schenkelnähe dieser aufregenden, unbekannten dunklen Frau, die uns mit ihren Lackschuhen und ihrem Kamelhaarswinger und ihrem leichten Geplauder ruhig durch Manhattan fuhr und von Zeit zu Zeit mit ihrer behandschuhten Hand wie zur Bekräftigung des Gesagten mein Knie berührte.

Ein anderer Teil von mir fühlte sich furchtbar, der

Situation nicht gewachsen und wie ein vier Jahre altes Kind. Ich war die Idiotin, die den Liebhaber spielte und entlarvt und ausgelacht und zurückgestoßen werden würde.

Könnten zwei Frauen das Feuer miteinander teilen, das wir in jener Nacht spürten, ohne sich gegenseitig einzuengen oder zu ersticken? War das überhaupt möglich? Ich sehnte mich danach so wie nach ihrem Körper, unsicher und dennoch voller Sehnsucht.

Und wie war es möglich, daß ich mir die Welle dieser Frau in mir und um mich wünschte, wenn ich doch bis vor wenigen Stunden, und so viele Monate lang, um Muriel getrauert hatte und so sicher gewesen war, daß ich mein weiteres Leben mit gebrochenem Herzen verbringen würde? Und was, wenn ich mich getäuscht hatte?

Wenn der Knoten in meinem Inneren nicht gewesen wäre, ich wäre an der nächsten roten Ampel aus dem Wagen gesprungen. Das dachte ich zumindest.

An der Kreuzung 7th Avenue und 110. Straße verließen wir den Park Drive, und als die Ampel auf der leeren Straße umsprang, drehte mir Afrekete ihr schönes Gesicht mit den vollen Lippen zu – ohne jedes Lächeln. Ihre großen, leuchtenden Augen blickten mich direkt und verwirrend an. Es war, als wäre sie plötzlich eine vollkommen andere Person, als hätte der Schutzwall aus Glas, den meine Brille für mich immer bildete und hinter dem ich mich so gern versteckte, sich plötzlich in Luft aufgelöst.

Mit flacher, fast förmlicher Stimme, die meinen

Zweifeln entsprach und sie gleichzeitig auflöste, fragte sie mich: »Kannst du über Nacht bleiben?«

Und dann kam mir erst der Gedanke, daß sie sich vielleicht die gleichen Fragen über mich gestellt hatte, wie ich über sie. Die Mischung aus Direktheit und Takt raubte mir den Atem – diese Mischung ist immer noch selten und kostbar.

Denn neben dem Vertrauen, das ihre Frage mir gab – der Bestätigung, daß dieses Singen meines Fleisches, diese Anziehung, nicht nur *mein* Gefühl war, abgesehen von dieser Sicherheit waren in dieser Frage viele Möglichkeiten angedeutet, die mein Dichterhirn aufrührten.

Sie bot uns beiden – falls nötig – einen Ausweg. Wäre meine Antwort auf ihre Frage aus irgendeinem Grund ein Nein, dann hätte die Syntax ein »Ich kann nicht« zugelassen statt eines »ich will nicht«, einen äußeren Grund statt einer Ablehnung. Mit den Folgen einer anderen Verpflichtung, ein Job in der Frühe, eine kranke Katze usw. wäre leichter zu leben als mit einer in Worte gefaßten Zurückweisung.

Sogar die Redewendung »über Nacht bleiben« war weniger ein Euphemismus für körperliche Liebe als vielmehr eine Sicherheitszone, in der wir uns bewegen konnten. Falls ich meine Meinung ändern würde, noch bevor es Grün wurde, und mir einfallen sollte, daß ich eigentlich doch nicht lesbisch war, dann wäre eine einfache Freundschaft immer noch möglich gewesen.

Ich fing mich und antwortete in meinem coolsten

Lower-East-Side-Tonfall: »Na klar, echt gerne« und verfluchte mich sofort für derart banale Worte. Ob sie meine Nervosität wittern konnte und mein verzweifeltes Bemühen, locker und lässig zu erscheinen, obwohl ich in schierem Verlangen zu ertrinken drohte?

Wir parkten den Wagen halb in einer Bushaltestelle auf der Manhattan Avenue, Ecke 113. Straße, in Gennies alter Gegend.

Irgend etwas an Kitty gab mir das Gefühl, in einer Achterbahn zu sitzen, von der Idiotin zur Göttin zu werden. Nachdem wir ihre Post aus dem kaputten Briefkasten gefischt hatten, und die sechs Stockwerke zu ihrer Wohnungstür hochstiegen, hatte ich das Gefühl, mein Körper hätte sich nichts jemals mehr gewünscht, als unter ihren Mantel zu gleiten und Afrekete in die Arme zu nehmen, unsere Rundungen einander anzuschmiegen, während ihr Kamelhaarswinger um uns wogte und ihre behandschuhten Hände immer noch die Wohnungsschlüssel hielten.

Im schwachen Licht des Treppenhauses bewegten sich ihre Lippen wie schäumende Gischt auf dem Kamm einer Welle.

Es war ein kleines Appartment, anderthalb Zimmer mit Kochnische und hohen, schmalen Fenstern im engen vorderen Raum mit der hohen Decke. Über jedem Fenster waren auf verschiedenen Ebenen Regale eingebaut. Von diesen Regalen schlangen und rankten, hängten und lehnten, Topf an Topf, grüne, zerfranste, große und kleinblättrige Pflanzen in allen Größen und Formen.

Später sollte ich die Art lieben lernen, wie die

Pflanzen das Südlicht filterten. Das Licht fiel so auf die gegenüberliegende Wand, knapp über dem riesigen Aquarium, das leise murmelnd, wie ein Juwel, leuchtend und geheimnisvoll auf seinen schmiedeeisernen Beinen ruhte.

Mühelos und pfeilschnell schossen regenbogenfarbene Fische hin und her durch das beleuchtete Wasser, suchten die Glaswände des Aquariums ab nach übriggebliebenen Leckerbissen und tauchten ein in die wunderbare Welt aus bunten Kieselsteinen, gemauerten Tunnels und Brücken auf dem Grund des Behälters.

Rittlings auf einer Brücke saß – mit dem Blick nach unten auf die kleinen Fische, die zwischen ihren Beinen hin und her schwammen – eine kleine braune Gliederpuppe, deren weicher nackter Körper von den aufsteigenden Luftblasen aus der Belüftung umspielt wurde.

Zwischen den grünen Pflanzen und dem beleuchteten magischen Aquarium voller exotischer Fische lag ein Raum, an dessen Einrichtung ich mich kaum noch erinnern kann. Nur das Sofa mit der Wolldecke, das zu einem Doppelbett ausgezogen werden konnte, und auf dem wir uns in jener Nacht bis in einen strahlenden Sonntagmorgen hinein, übersät von den grünen Lichtpunkten der Pflanzen an Afreketes hohen Fenstern, stürmisch liebten, sehe ich noch vor mir.

Ich erwachte und sah ihre Wohnung voller Licht, den Himmel durch die Fenster im obersten Stock, und Afrekete, vertraut neben mir schlafend.

Zarte Härchen unter ihrem Bauchnabel lagen vor meiner forschenden Zunge wie die lockenden Seiten eines vielgelesenen Buches.

Wie viele Male bis in den Sommer hinein ging ich von der 8th Avenue zu ihrem Haus, vorbei an der Eckkneipe, aus der der Geruch von Sägemehl und Schnaps auf die Straße quoll; vorbei an jungen und älteren Schwarzen, die zahlreich und ständig in Bewegung abwechselnd auf zwei umgedrehten Milchkästen Dame spielten?

Dann ging ich um die Ecke auf die 113. Straße und durch den Park, mit immer schneller werdenden Schritten, und meine Fingerspitzen kribbelten vor Sehnsucht, die Melodie ihres Körpers zu spielen.

Und ich entsinne mich an Afrekete, die aus einem Traum kam, stets so faßbar und wirklich wie die Härchen unter meinem Bauchnabel. Sie brachte mir Lebendiges aus dem Busch und Cocoyams und Maniok von ihrer Farm – jene magischen Früchte, die Kitty auf den karibischen Märkten entlang der Lenox Avenue Höhe 140. Straße kaufte, oder an den puertorikanischen Gemüseständen auf dem geschäftigen Markt an der Park Avenue, Ecke 116. Straße unter der New Yorker Hochbahn.

»Das habe ich unter der Brücke gekauft«, war eine Redewendung aus unvordenklichen Zeiten, der Ausdruck dafür, daß etwas, egal was, von sehr weit weg und gleichzeitig von so nahe kam, also so authentisch wie überhaupt möglich war.

Wir kauften rote köstliche Pippinäpfel, so groß wie französische Cashewnüsse. Wir nahmen grüne

Bananen, schälten sie zur Hälfte und pflanzten das Fruchtfleisch tief in unsere Körper, und die Schale lag wie leuchtend grüne Ranken auf dem lockigen Dunkel zwischen unseren gespreizten Schenkeln.

Mit reifen rotknolligen Bananen, gedrungen und dick, teilte ich sanft deine Lippen, um die geschälte Frucht in deine dunkelrote Blume zu schieben. Ich hielt dich in meinen Armen, lag zwischen deinen braunen Beinen; langsam spielte meine Zunge in deinem vertrauten Busch, langsam leckend und schluckend, als die tiefen zuckenden Wellen deines starken Körpers langsam die reife Banane zu einem beigefarbenen Brei zerdrückten, der sich mit den Säften deines lodernden Fleisches vermischte. Unsere Körper begegneten sich aufs neue, deine und meine Haut entbrannte von den Zehenspitzen bis zur Zunge unter der Flamme der anderen, und in unserem eigenen, wilden Rhythmus gefangen, ritten wir einander durch den tosenden Raum, tropften wie Licht in den Spitzen unserer Zungen.

Wir beide waren nur wir selbst und dennoch eins. Dann trennten sich unsere Körper, und Schweiß glänzte auf ihnen wie süßes Öl.

Manchmal sang Afrekete in einem kleinen Club *uptown* in *Sugar Hill*. Manchmal jobbte sie in Gristedes Supermarkt an der 97. Straße, Ecke Amsterdam Avenue, und manchmal tauchte sie ohne jede Vorwarnung Samstag nacht im *Pony Stable* oder im *Page Three* auf. Einmal kam ich spät zurück zur 7. Straße und fand sie um drei Uhr morgens vor meiner Tür. Sie hatte ein Bier in der Hand und ein knallbuntes Tuch nach afrikanischer Art um den Kopf gewickelt. Wir rasten durch die leeren morgendämmernde City und ein prasselndes Sommergewitter, und die nassen Straßen sangen unter den Reifen ihres kleinen Nash Rambler.

Es gibt gewisse Grundwahrheiten, die unser Leben bestimmen, auf die wir uns verlassen. Daß die Sonne im Sommer nach Norden zieht, daß schmelzendes Eis die Form verändert, daß die krumme Banane süßer ist. Afrekete hat mich die Wurzeln gelehrt, neue Definition unserer weiblichen Körper, für die ich vorher immer nur geübt hatte.

Mit dem Beginn des Sommers waren die Wände in Afreketes Wohnung stets warm von der Hitze, die aufs Dach prallte, und die Windböen durch ihr Fenster ließen die Pflanzen rascheln und streichelten über unsere schweißglänzenden Körper, die sich von der Liebe ausruhten.

Wir redeten manchmal darüber, was es bedeutet, Frauen zu lieben und wie erleichternd es war, im Auge des Wirbelsturmes zu leben, egal wie häufig wir uns auf die Lippen beißen und den Mund halten mußten. Afrekete hatte eine siebenjährige Tochter, die sie bei ihrer Mutter in Georgia gelassen hatte, und wir erzählten uns unsere Träume.

»Sie wird später einmal lieben können, wen sie will« sagte Afrekete heftig und zündete sich eine Lucky Strike an. »Und genauso wird sie arbeiten können, wo sie will. Dafür wird ihre Mama schon sorgen.«

Einmal sprachen wir darüber, daß schwarze

Frauen keine Wahl hatten, daß sie zu unserem Kampf verpflichtet waren und unseren Krieg zu sehr und zu häufig in den Bollwerken des Feindes ausfechten mußten, und daß die Landschaften unserer Seelen durch diese vielen Schlachten und Feldzüge geplündert und verwüstet worden waren.

»Und ich habe nicht genug Narben, die das beweisen«, seufzte sie.

»Wenn du nicht untergehst, macht dich das stark, Baby. Und das mag ich an Dir so. Wir werden es beide schaffen, weil wir einfach zu stark und verrückt sind!«

Und wir lagen uns in den Armen und lachten und weinten, weil wir für diese Stärke so sehr haben bezahlen müssen, und es so schwer war, jemandem, der es noch nicht wußte, zu erklären, daß Sanftheit und Stärke zusammengehören, genauso wie unsere Freude und unsere Tränen sich auf dem einen Kissen unter unseren Köpfen vermischten.

Und die Sonne schien auf uns herab, gedämpft durch die staubigen Fenster und die vielen Grünpflanzen, die Afrekete pflegte wie einen Kult.

Ich nahm eine reife Avocado und rollte sie zwischen den Händen hin und her, bis die Haut nur noch eine grüne Umhüllung für das weiche breiige Fruchtfleisch war und dem harten Kern im Inneren.

Ich erhob mich von einem Kuß auf deinen Mund, biß ein kleines Loch in die Haut der Avocado, drückte den hellgrünen Fruchtbrei in dünnen feierlichen Linien über deinen nußbraunen Bauch.

Öl und Schweiß unserer Körper hielten den Brei

flüssig und ich massierte ihn über deine Schenkel und zwischen deine Brüste, bis deine braune Haut wie Licht durch den Schleier hellsten Avocadogrüns schimmerte, eine Hülle aus göttinnengleicher Birne, die ich langsam von deiner Haut leckte.

Und dann mußten wir aufstehen und die Kerne und Fruchtstückchen aufsammeln und in Müllsäcken vor die Tür stellen, denn wenn wir sie auch nur kurz am Bett liegenließen, stürzten sich Horden von Kakerlaken auf sie, die stets in den Fugen der Wände von Harlem, besonders den kleineren und älteren Häuser unterhalb der Morningside Anhöhen warteten.

Afrekete lebte in der Nähe von Genevieves Großmutter.

Manchmal erinnerte sie mich an Ella, Gennies Stiefmutter, die den ganzen Tag mit Schürze und Besen vor dem Zimmer herumschlurfte, wo Gennie und ich auf dem Sofa lagen. Sie sang immer wieder und wieder und wieder das eintönige kleine unendliche Lied.

Mami hat mich abgestochen
Papi und mich
Armer kleiner Bruder
lutsch meine Knochen ....

Und eines Tages drehte Gennie ihren Kopf in meinem Schoß und sagte unbehaglich: »Manchmal weiß ich nicht, ob Ella verrückt ist oder blöd oder göttlich.«

Und heute glaube ich, daß die Göttin durch Ella gesprochen hatte, aber Ella war zu sehr geschlagen und betäubt von Philips Brutalität, als daß sie ihren eigenen Worten Glauben hätte schenken können, und wir, Gennie und ich, waren zu überheblich und kindisch – nicht ganz zu Unrecht, denn wir waren damals noch halbe Kinder – um zu erkennen, daß unser Überleben davon abhängen könnte, daß wir dem monotonen Gesang der fegenden Frau genau zuhörten.

Ich verlor Gennie, meine Schwester, an mein Schweigen und ihren Schmerz und ihre Verzweiflung, an unsere Wut und an die Grausamkeit einer Welt, die ihre Jugend wie nebenbei zerstört – es gab weder eine rebellische Geste noch ein Opfer oder Hoffnung auf ein Aufleben anderer Gefühle, wir haben die Zerstörung einfach nicht bemerkt oder uns nicht darum gekümmert.

Ich habe meine Augen niemals vor dieser Grausamkeit verschließen können, was mich nach der gängigen Definition von psychischer Gesundheit zu einer psychisch ungesunden Person macht.

Afreketes Haus war das höchste in der Gegend, bevor die Berge des Morningside Parks auf der anderen Seite der Avenue begannen, und eines Nachts mitten im Sommer nahmen wir eine Decke mit aufs Dach. Sie wohnte im obersten Stockwerk, und in einer stillen Übereinkunft gehörte das Dach denjenigen, die unter seiner Hitze leben mußten. Das Dach war die wichtigste Zuflucht für Mieter und allgemein bekannt als Teerstrand.

Wir verbarrikadierten die Dachluke mit unseren Schuhen und breiteten unsere Decke im Windschatten des Schornsteins aus, zwischen den warmen Backsteinen und der hohen Brüstung der Fassade. Das war noch, bevor schwefelgelbes Licht die Straßen von New York ihrer Bäume und Schatten beraubte, und der grelle Schein der Straßenbeleuchtung reichte nicht so hoch hinauf. Von unserem Platz hinter der Brüstung konnten wir die dunklen Umrisse der Basalt- und Granitfelsen erkennen, die sich drohend im Park auf der anderen Straßenseite auftürmten, merkwürdig nahe und geheimnisvoll.

Wir streiften die Baumwollkleider ab und preßten uns im Schatten des Dachschornsteins gegen feuchte Brüste, liebten uns dem Mond zu Ehren, während das gespenstische matte Licht von der Straße mit der silbrigen klaren Süße des vollen Mondes konkurrierte, die die glänzenden Spiegel unserer schweißgebadeten dunklen Körper reflektierten, heilig wie das Meer, wenn die Flut kommt.

Ich erinnere mich an diesen Mond, der die Schräge ihrer hochgereckten Schenkel entlangwanderte; meine Zunge erfaßte den silbrigen Streifen, der sich im gelockten Busch ihres Venushügels spiegelte.

Ich erinnere mich, daß der Vollmond wie weiße Pupillen in der Mitte deiner großen Augen stand.

Die Monde verschwanden, und deine Augen wurden dunkel, als du dich mir zuwandtest, und ich fühlte, wie des Mondes silbernes Licht sich mit der

Nässe deiner Zunge auf meinen Augenlidern vermischte.

Afrekete, Afrekete, reite mich bis an den Scheideweg, wo wir schlafen werden, eingehüllt und beschützt von der Macht der Frauen. Der Klang unserer Körper, die sich begegnen, ist das Gebet aller Fremden und Schwestern, auf daß das abgewendete Übel, das an allen Scheidewegen verlassen wartet, uns nicht auf unserer Wanderschaft verfolgen werde.

Als wir später wieder vom Dach herunterstiegen, tauchten wir ein in die drückend schwüle Mitternacht eines Sommers in Harlem, mit Radiomusik auf den Straßen und dem unangenehmen Gejammer übermüdeter und überhitzter Kinder. Mütter und Väter saßen auf den Eingangsstufen ihrer Häuser oder auf Milchkästen und gestreiften Klappstühlen, fächelten sich geistesabwesend Luft zu und sprachen oder dachten nach über die Arbeit, die am nächsten Tag auf sie wartete, und über zu wenig Schlaf.

Wir gingen nicht hinunter zu den hellen Sanddünen von Whydah oder an die Strände von Winneba oder Annamabu, nicht zu Kokospalmen, die sanft im Wind raschelten und dem Zirpen der Grillen im Rhythmus des sanften Rauschens einer spiegelglatten, verräterischen, wunderschönen See. Nach unserer Begegnung unter dem Mittsommermond stiegen wir vom Teerstrand herunter auf die 113. Straße, aber die Mütter und Väter lächelten uns grüßend zu, als wir Hand in Hand zur 8th Avenue schlenderten.

Einige Wochen im Juli habe ich Afrekete dann nicht gesehen. Eines Abends machte ich mich auf zu ihrer Wohnung, da sie kein Telefon hatte. Die Tür war abgeschlossen, und als ich den Treppenschacht heraufrief, war auch niemand auf dem Dach.

Eine weitere Woche später drückte mir Midge, die Barfrau vom *Pony Stable*, einen Zettel von Afrekete in die Hand. Sie hatte für September einen Gig in Atlanta bekommen und wollte ihre Mutter und Tochter besuchen.

Wir waren aufeinandergetroffen wie Naturkräfte, die sich in einem Sturm entladen, Energie austauschen und kurz und erlösend Schmerz miteinander teilen. Dann haben sich unsere Wege getrennt, uns verändert, gewandelt und durch die Begegnung neu geformt hinterlassen.

Ich habe Afrekete nie wieder gesehen, aber ihre Spuren prägen mein Leben mit dem Nachdruck und der Kraft einer seelischen Tätowierung.

Cathryn Alpert
WO SIND WIR JETZT?

Jetzt erklimmen wir den steilen Canyon, eine Kluft zwischen Wänden aus Eichen und Pinien, wo Asphalt sich im dichten Wald verliert. Deine Hand liegt auf meinem Knie, du nimmst sie nur fort, um in einen anderen Gang zu schalten oder eine widerspenstige Strähne aus der Stirn zu streichen. Der Motor ächzt, jault immer höher, während unser Wagen einen Satz macht wie die geschmeidige Katze, nach der er benannt ist. Schiebt sich immer weiter in das Dickicht, über den Punkt hinaus, wo sich die Straße verjüngt wie ein rückwärts fließender Fluß.

Jetzt fahren wir am Sommerlager vorbei, dessen helle Lichter durch den Blätterwald funkeln wie Augen durch ein Schlüsselloch. Sie beobachten uns, wie wir immer höher klettern und uns durch das steile Gebirge schlängeln, hin zu unserem geheimen Platz am Ende der Straße, wo Schilder an Bäumen einem sagen, was man nicht darf: PARKEN VERBOTEN, zur Linken an einen toten Baumstumpf genagelt. Und zur Rechten: KEIN DURCHGANG, an eine Pinie geheftet.

Jetzt wendest du den Wagen, die Scheinwerfer huschen über schwere Ketten, die uns die Weiterfahrt tiefer in den Canyon versperren. Du parkst am unbefestigten Straßenrand, schaltest Motor und Scheinwerfer aus, ziehst die Handbremse an. Langsam gewöhnen sich unsere Augen an die Dunkelheit, entdecken einen vollen Mond, der hinter hohem Nutzholz aufgeht, der schwangere Bauch einer neuen Jahreszeit.

Jetzt zerrst du an Schnallen und Knöpfen, und ich an deinem Reißverschluß, und irgendwie schaffen wir es, uns aus den Kleidern zu schälen, ein Wirrwarr verdrehter Hosenbeine und Hemdsärmel. Du kletterst auf mich, und wir schieben uns um diese Handbremse herum in Position. Sie ist ein willkommener Störenfried, bohrt sich mir in die Seite, kalt und hart wie der Pimmel eines stählernen Keilers.

Ich zucke zurück und hebe mein Becken dir entgegen, als du in die Spalte zwischen meinen Beinen vorstößt und mich bespringst wie der junge Hengst, der du einst warst. Keine Zeit für ein Vorspiel – hier oben im Wald müssen wir schnell und animalisch sein. Ich packe deine nackten Schenkel, du klammerst dich an meine Schultern, und wir reiten uns gegenseitig in ungestümem Rhythmus, der Mond zieht und drückt dich in mir vor und zurück wie die Flut.

Plötzlich lassen die aufleuchtenden Scheinwerfer uns vor Schreck zusammenfahren. Wir zwingen unseren Herzschlag zur Ruhe, liegen atemlos, als die Lichter wie Geister durch die Bäume huschen und hinter einem Berg verschwinden. Wortlos warten wir, ob sie zurückkehren, bereit, beim geringsten

Lichtschimmer wie schreckhaftes Rotwild davonzustürzen. Unsere Blicke suchen Dickicht und Schluchten nach den Lichtern ab. Sie finden nur die Astgerippe uralter Eichen, den Mond in seiner üppigen gelben Pracht.

Und bald bewegen wir uns wieder wohlig in unserem animalischen Rhythmus. Ich reibe meine Nase an deiner Schulter, du knabberst an meinem Hals, läßt deine Zunge über meine zitternde Brust streichen. Wir sind verwegen und so richtig schlimm, meine Hüfte drückt gegen die Handbremse, dein nackter weißer Arsch fordert den Mond heraus. Ich strecke die Hand aus, ziehe die Sonnenblende weg und sehe sattes Laub im Spätsommerwind tanzen. VÖGELN VERBOTEN, steht in den Sternen geschrieben.

Und jetzt erreichen wir höhere Gefilde, erklimmen verstohlen sinnliche Höhen wie vorhin unser Katzenwagen den Berg; immer weiter, wie Wasser, das aus einem Brunnen hervorquillt. Dein Rhythmus wird schneller, während wir uns in der Dunkelheit winden, mit verrenkten Beinen in Schalensitzen, die für diese Art Verkehr nicht gebaut sind. Ich kämpfe unter deinem Gewicht, schiebe Hüften und Schenkel zurecht, stütze mich mit einem Fuß gegen das Steuer. Verfluche die harte Dauererektion der Handbremse.

Und dann bist du tief in meinem Mittelpunkt; wie ein großer Mund öffne ich mich, nehme dich auf, daß du mich nimmst, weit genug, die Erde zu verschlingen. Und ich bestehe nur noch aus dir:

dem Klatschen deiner hämmernden Hüften gegen meine Schenkel, dem Zerren deines Mundes an meiner Brustwarze, dem Stoßen deiner Rute tief in meinem Innersten. Die Hitze unserer Körper steigt. Wir dämpfen unsere Schreie, beißen fest auf Lippen und Zungen, hinterlassen lautlose Spuren auf schlüpfriger Haut, wollen den Wald nicht wecken.

Und jetzt lachen wir, lauter als vorher. Der Wagen erbebt von unserem Lachen, droht, mit uns nackt und gepaart hinunter ins Dorf zu rollen. Wir fischen in den Tiefen meiner Handtasche nach Kleenex – nie haben wir genug Kleenex – und behelfen uns mit einigen zusammengeknüllten Fetzen, die wir zwischen Filzstiftkappen, Schmirgelpapierfetzen und Haarknäueln aufspüren. Du steigst von mir herunter und rollst dich auf deinen Sitz und ich auf den meinen, wo wir uns saubermachen und ein heilloses Durcheinander veranstalten – wir müssen so laut lachen – und schleimige Kleenex hinter die Sitze schmeißen, zwischen Gummibärchentütchen und Matchboxautos. Wir zerren an unserem Kleiderwirrwarr. Kämpfen uns naß in zerknitterte Jeans, um ins Kino zu fahren, einem spärlich beleuchteten Ort, wo wir vermutlich an den Sitzen festkleben werden.

Aber zuerst müssen wir mit dem Lachen aufhören. Wir haben kein Kleenex mehr, um unsere Tränen abzuwischen. Wir trocknen uns mit den Ärmeln die Gesichter ab und lachen noch immer, die Windschutzscheibe ist völlig beschlagen, die Luft im Wagen so stickig, daß wir nach Luft japsen.

Wir kurbeln die Seitenfenster herunter, lassen die Brise herein, die unsere Lungen besänftigt und die Tränenströme auf unseren Gesichtern trocknet. Der Wagen ist erfüllt vom erdigen Geruch des Waldbodens und der Pinien, er leuchtet im Mondlicht auf dem Rauschen der Blätter.

Und wir hören Stimmen: aus dem Sommerlager unter uns, ein Chor von Kinderlachen mischt sich mit unserem, erschallt zwischen hohen Pinien, verebbt als Echo in der Tiefe des Canyons.

Und jetzt weicht unser Lachen nachdenklicher Stille. Wir lehnen uns in den Sitzen zurück, sehen zu, wie sich der Dunst auf dem getönten Glas verflüchtigt. Unter uns, Lieder am Lagerfeuer. Über uns, die scheckigen Äste einer alten arthritischen Eiche. Wir sind jetzt vierzig – nicht mehr jung, aber noch nicht vernünftig. Deine Hand berührt mein Knie, ich nehme deine Hand, und wir vergessen unseren Kinoabend, betrachten zufrieden den kleinen Bären, der ewige Kreise um unseren nördlichsten Stern zieht. Eine kühle Windbö heult durch den Canyon. Drei Baumstämme tanzen ihren Herbstwalzer, lassen silbrige Blätter durch geöffnete Fenster regnen. Und der Mond, einziger Zeuge unseres Streiches, lächelt. Scheint festgefroren in diesem einen Augenblick zwischen zu- und abnehmender Phase, wenn er vollkommen wirkt.

Heather Grey
ELIZABETH UND WILLIAM

William wusch sie sanft, küßte die Innenseite ihrer Schenkel und drehte sie dann auf die Seite, um ihren Po zu betrachten. Die Backen waren so rund und voll wie früher, mit zwei Grübchen obendrauf. Während er sie küßte, erinnerte er sich an die Zeiten, als er sich gegen sie gedrückt hatte. Jetzt zog er sie an sich und ließ sie wieder los, weil ihm der Puder einfiel. Er wollte sie wieder feucht werden lassen, aber das Talkum fühlte sich gut an, und es war wichtig, ihre Haut weich und trocken zu halten.

Elizabeth konnte sich nur noch mit Mühe bewegen und brauchte Hilfe, um nicht zu fallen, also mußte jemand bei ihr sein, wenn die Krankenschwester ihren freien Tag hatte. Die Familie kam sonntags, William nahm den Donnerstag. Er schüttete Puder in die Hand und begann, sie zu massieren. Seine Hände wanderten über ihren Körper bis hinauf in die Wärme unter ihrem Nachthemd. Als er leicht ihre Brüste berührte, spürte er, wie die Brustwarzen unter seinen Fingern härter wurden. Er stand auf und zog das Sakko aus, damit der weiße Puder nicht seine Ärmel bestäubte. Oben hätte er es riskieren können, sich auszuziehen, aber der Wintergarten lag direkt neben dem Wohnzimmer; wenn die Krankenschwester unerwartet zurückkäme, konnte er sich nicht schnell genug anziehen.

William beugte sich über sie, rollte sie von der Seite auf den Rücken und zog die Decke über ihre Beine. Es war der erste Frühlingstag und er war daran gewöhnt, sie warm zu halten. Sie lächelte ihn an, neckend, spöttisch, herausfordernd, siegesgewiß.

Der Morgenrock, den sie heute ihm zuliebe ausgesucht hatte, war aus Seide, aus Paris geschickt von einem früheren Liebhaber, der gehofft hatte, sie mit teuren Geschenken für sich gewinnen zu können.

Er drückte sein Gesicht in die weiche Kühle, atmete tief den Duft ihres Rosenwassers ein und fühlte sich verloren in den Falten und Rüschen, als sein Kopf zwischen ihren Brüsten ruhte. Ihre Hände und Arme strichen über seinen Rücken, fühlten die steife Baumwolle seines gestärkten Oberhemdes und das Kratzen seiner Wollweste. Ihre Hände wanderten über sein Haar und seinen Bart, sie berührte die Wimpern, die Nasenwurzel mit den tiefen Falten, seine Augenbrauen und die Ohrläppchen. Dann fuhren ihre Finger die Falten seines Halses und seine Wangen entlang, er hob den Kopf und nahm ihre Finger in den Mund. Er saugte und kaute an ihnen, fühlte die Weichheit von dünner, fast durchscheinender Haut auf Händen, die so zerbrechlich waren wie die Flügel eines Vogels.

Dann fing er an, die Bänder zu lösen, schob seine Hände unter ihre Arme, um ihre Wärme und den Duft ihres Körpers einzufangen. Er spürte, wie schmal sie war, seine Hände konnte sie beinah umfassen. Er öffnete ihr Nachthemd und streichelte eine Brust, bevor er sie in den Mund nahm. Ihr Atem wurde schneller, sie bäumte ihm ihren Körper entgegen; mit geschlossenen Augen und abgewandtem Gesicht kam sie näher und begehrte ihn, entzog sich aber unwillkürlich dem plötzlichen Drängen. William zog ihr den Morgenrock aus und schob das Nachthemd bis zur Taille herunter. Sie fühlte sich preisgegeben, als er sich über sie beugte und begann, sie in Hals und Schultern zu beißen, während seine Weste und die Knöpfe ihren Busen kratzten. Ihren Bauch knabbernd und saugend zog er das Nachthemd über ihre Hüften, dann schlug er die Decke zurück und ließ ihr Nachthemd zur Erde fallen. Sie lag da und betrachtete ihn, während er sie ansah. Langsam öffnete sie ihre Schenkel.

Er bedeckte ihren Oberkörper mit dem Nachthemd, um sie warm zu halten, setzte sich an das Fußende des Bettes, wo er es sich bequem machen konnte, und begann, ihre Fußsohlen zu streicheln. Eine nach der anderen nahm er ihre Zehen in den Mund und lutschte an ihnen. Elizabeths Atem wurde schneller, und sie stieß einen kleinen Schrei aus. Er begann, den Ansatz ihrer Schenkel zu massieren und öffnete sie so weit wie möglich. Dann schlüpften seine Hände unter ihren Hintern, und er zog sie an seine Lippen.

Sie lag in seinen Händen und fühlte die Nässe seiner Zunge und Lippen, die sanften Stacheln seines Bartes, den Griff seiner Finger, die sie hielten. Seine Zunge spielte immer schneller, und ihre Atemzüge wurden schwerer. Als er ihre Kontraktionen spürte, drang seine Zunge in sie ein, saugte sanft bis sie aufschrie. Dann rollte er sie auf die Seite, ihre Beine angewinkelt, den Hintern vollkommen freigelegt. Eine Hand lag zwischen ihren Beinen, seine Finger streichelten abwechselnd Vulva und Anus; seine Zunge wanderte über ihre Grübchen und er biß in das Fleisch ihrer Hüften und Schenkel. Sie spürte die gestärkten Baumwollmanschetten seines Oberhemdes, das kühle Metall der Manschettenknöpfe, während sein Atem warm ihre Pobacken streichelte. Die Kontraktionen begannen wieder, langsamer und tiefer.

Später fiel sie in einen leichten Schlaf. Sie fühlte, wie er sie noch einmal wusch, wie der warme seifige Waschlappen über ihren Hintern, in den Anus und die Vulva fuhr. Dann das von der Sonne gewärmte Handtuch und den Puder, mit der er ihren Körper einrieb. William beugte sich vor, um ihren Busen zu küssen. Sie bewegte sich ein wenig, genoß sein anhaltendes Interesse, und lächelte über seine Verspieltheit. Er hob sie auf das Kissen und sah zu, wie ihr Kopf in die Daunen sank. Sie war jetzt sehr leicht und nur noch so groß wie ein Kind.

Wenn sie so dalag, war sie auch so unschuldig wie ein Kind, ihr Spötteln und Fordern waren vergessen. Er hoffte, daß das Ende so sein möge – daß Elizabeth mit dem Gefühl, behütet und begehrt zu sein, sich langsam forttreiben ließ, nachdem sie miteinander geschlafen hatten.

William hatte Elizabeths Haar niemals bändigen

können. Weiche graue Locken umgaben ihr Gesicht, er mußte vorsichtig sein, als er ihr das Nachthemd wieder überzog. Ausreden waren zwar möglich, aber es war besser, daß die Krankenschwester sie so vorfand, wie sie sie verlassen hatte. Elizabeth war leicht, aber er war ziemlich erschöpft. Er setzte sich eine Minute, um Atem zu schöpfen, sah sie im Durcheinander ihres Nachthemdes hingegeben und vertrauensvoll schlafen; ihr Busen lag halb frei, und Bänder und Spitzen umschlangen ihn. Rosaseidene Rüschen rahmten ihr Gesicht ein. Er hatte das Gefühl, sie noch niemals so schön und friedlich gesehen zu haben. Die Jahre hatten das ihre getan, sie war blaß und hatte mehr Falten als damals, aber sie war immer noch seine Elizabeth.

Während William sich ausruhte, wurde sein verdrehtes Hosenbein unbequem, und er stand auf. es war erst halb zwei – noch genug Zeit. Elizabeth schlief nie lange. Er ging in die Küche, kochte Tee und schaute dann vom Fenster aus auf den Patio, wo er und Elizabeth im letzten Sommer die Donnerstage verbracht hatten. Damals hatte Elizabeth im Rollstuhl den Nachbarn den Rücken zugewandt und sich während des Gesprächs langsam entkleidet und so getan, als bemerkte sie nicht, daß ihr Busen unverhüllt war. Immer wieder versuchte sie sich auszumalen, wie sie sich in der Hängematte lieben könnten und gab sogar der Krankenschwester den Abend frei deshalb.

Unglücklicherweise (oder glücklicherweise, wie William dachte) hatten die Nachbarn am gleichen

Abend in ihrem Patio eine Party gegeben, und die Gäste waren bis über Elizabeths Schlafenszeit hinaus geblieben. William hatte nicht vorgehabt, irgend etwas in der Hängematte zu versuchen, dafür war sein Rücken zu empfindlich. Aber er hatte ihr Spiel mitgespielt. Elizabeth war immer viel leidenschaftlicher, wenn sie Verbotenes und Chaotisches planen konnte.

Ihre erste Beziehung war stürmisch und fast ausschließlich sinnlich. Sie bewunderte seine Uniform, und er bewunderte ihre Spontaneität, vor allem ihre körperliche Unbefangenheit. Sie neckte ihn wegen seiner konservativen Art, und er tadelte ihren Mangel an Verantwortungsbewußtsein. Das Verhältnis dauerte mehrere Jahre, bis er fünfundzwanzig war. Dann endete es aus dem gleichen Grund, aus dem es begonnen hatte: seine Uniform und ihre Hemmungslosigkeit. Keiner der beiden konnte sich angesichts der Werte des anderen Heim und Familie vorstellen. Er heiratete Susan und zog fort. Sie heiratete einen Mann namens Alex. Durch gemeinsame entfernte Freunde blieben sie über die wichtigsten Ereignisse auf dem laufenden: die Geburt der Kinder, deren Schulabgänge und Eheschließungen, der Tod von Susan und, acht Jahre später, der Tod von Alex.

Als er sie zum ersten Mal wiedersah, saß sie auf der Veranda und stand nicht auf, sondern streckte ihm lachend die Arme entgegen. Als er sich aus der Umarmung löste, führte sie seine Hand unaufdringlich über ihren Busen. Er spürte die weiche Wärme ihrer Haut und war verblüfft, daß sie immer noch so viel bei ihm auslöste. Sein einziger Gedanke war: Trägt sie einen BH oder sind ihre Brüste ganz frei unter dem Kleid? Könnte er einfach ihr Kleid aufknöpfen und sie berühren, wie er die Teetasse aus chinesischem Porzellan berührte, in die sie gerade den Tee einschenkte?

Er hatte seit zehn Jahren mit keiner Frau mehr geschlafen und gedacht, das würde so bleiben, nun jedoch war er von dem Gedanken, Elizabeths Körper zu berühren, vollkommen überwältigt.

Bei seinem zweiten Besuch hatte sie ihn verführt. Sie hatte das Teegeschirr beiseite gestellt, war näher an ihn herangerückt und hatte sich so vorgebeugt, daß er die schwarze Spitze, die ihren Busen kaum bedeckte, sehen konnte. Sie hatte den Body nicht ausgezogen, wollte seine ersten Küsse durch den Stoff spüren, wollte fühlen, wie die Spitze naß wurde unter seinen Lippen, die nach den Brustwarzen suchten, wollte das Gefühl seiner Hände, wie sie die Spitze über ihre Hüften zogen und zwischen ihren Pobacken.

Einige Monate später hatte er ihr auf einer Party erzählt, daß er sich ernsthaft mit einer anderen Frau eingelassen hatte und sie sich nicht mehr wiedersehen würden. Sie flüsterte in sein Ohr: »Wenn du deine Hand unter mich schiebst, wird niemand etwas sehen. Du kannst mich noch einmal berühren.« William spürte bis heute das kühle Brokatpolster und die warme, leicht feuchte Spalte zwischen den festen Rundungen ihres Hinterns. Am nächsten Morgen stand er bei ihr vor der Tür.

Jetzt wandte er sich vom Fenster ab; er mußte Wasser lassen und hoffte, seine Erektion sei so weit zurückgegangen, daß das schmerzlos ging. Er tappte zur Toilette in der Diele und versuchte, nicht an Elizabeth zu denken. Statt dessen konzentrierte er sich auf die lockeren Fliesen unter dem Waschbecken und wie sie am besten repariert werden könnten. Danach stand er für einen Augenblick da, fühlte die Wärme seiner angeschwollenen Hoden und des schlaffen, dennoch blutgefüllten Penis, massierte ihn sanft und ließ ihn so wachsen. Sie hatte fast eine Stunde geschlafen.

Als Elizabeth erwachte, schaute sie auf die Bänder und Spitzen und lachte. William hatte sie genau so zurückgelassen, wie er sie haben wollte – zugänglich. Nun, desto besser. Sie streckte sich und fühlte ihren Körper, der sauber und gepudert war und an den Stellen, wo er sie liebkost hatte, immer noch kribbelte.

Sie segnete den Tag, an dem sie dieses Haus gekauft hatte. Der Wintergarten war einer der Gründe gewesen, obwohl sie damals noch nicht wissen konnte, daß sie so viel Zeit darin verbringen würde. Er hatte einen alten Steinboden und steinerne Wände mit achteckigen bleigerahmten Fenstern, die vom Boden bis zur Decke reichen. Pflanzen auf den Fensterbrettern blühten in der Sonne, und sie sah sie von ihrem nicht besonders geschickt verborgenen Krankenhausbett aus. Da William sie nicht in den Sessel setzen und für ihr Nachmittagsschläfchen ins Bett heben konnte, war das Krankenhausbett die beste Lösung. Im ersten Stock war man ungestörter, aber der Mangel an Privatsphäre machte das Ganze noch spannender, obwohl William, weder in Gedanken noch Taten ein Abenteurer, wahrscheinlich nicht ihrer Meinung war. Vielleicht könnten sie eines Tages, mit genug Zeit und dem neuen Bett auf der richtigen Höhe, ein paar ihrer alten Tricks versuchen.

Sie unterbrach ihre Pläne, als William den Raum mit Pappbechern in den Händen und einer Flasche Scotch unter dem Arm betrat. Er war immer noch braungebrannt und muskulös, obwohl er dünner geworden war und gebückt ging. Auch sein Haar war dünner geworden, aber dafür hatte er sich einen prachtvollen Bart wachsen lassen. Ihr fiel auf, daß er schneller müde wurde, und sie war sich nicht sicher, ob er mit ihr würde umgehen können, wenn sie noch abhängiger von körperlicher Hilfe würde. Aber in seiner Uniform sah er immer noch so aus, als wolle er vor den US-Generalstab treten und eine Rede halten.

Jedes Detail war perfekt und angemessen: gestärkte Hemden und Bügelfalte. Selbst die Pappbecher paßten irgendwie – in ihrer männlich-nüchternen Art, der einzigen Art, Scotch zu trinken.

Er hatte oft gedroht, den Scotch mitzubringen, es aber zugunsten ihres vermeintlich Besten gelassen. Vielleicht hatte er jetzt beschlossen, daß ihr wirklich Bestes in zu weiter Ferne liegt, und daß sie darauf pfeifen und das Leben in vollen Zügen genießen sollten. Sie drückte den Knopf, um ihr Bett in Sitzposition zu bringen. Als William ihr ein zweites Kissen hinter den Rücken schob, ließ er flink die Hand unter ihr Nachthemd gleiten. Elizabeth dachte bei sich: das wird überhaupt kein Problem. Er ist immer noch interessiert. Sein Anzug war perfekt geschneidert, allerdings nicht für einen erregten Zustand. Sie bemerkte, daß er sich ziemlich vorsichtig hinsetzte.

Sie stellte ihren Becher ab und bot ihm leise an, seine Uniform *in Ordnung* zu bringen; es war das erste Mal, daß sie dies vorschlug, seit sie damals auf einem Familientreffen gewesen waren, vermutlich, um Fotos machen zu lassen, und sie sich in den Kopf gesetzt hatte, seine Uniform *in Ordnung zu bringen.* Sie hatte vor ihm gestanden, mit dem Rücken zu den anderen, die in Gruppen beisammen standen und sich unterhielten. Mit einer Hand wischte sie den Staub von seiner Uniform und glättete sie. Mit der anderen rieb sie ihn total steif. Seine Antwort kam umgehend. Er war wie versteinert gewesen vor Verlegenheit und Verwirrung. Dann hatte sie sich umgedreht und vor ihn gestellt, bis seine Erektion nachgelassen hatte, und sich noch ein- zweimal gegen ihn gedrückt, um seine Qualen zu verlängern. Beide hatten niemals darüber gesprochen. Es hätte auch nichts gebracht, Elizabeth war unberechenbar.

William stand dicht vor ihr, so daß sie seine Hose öffnen konnte, ohne ihre Arme zu ermüden. Sie öffnete seinen Gürtel, lockerte seinen Hosenbund und schob ihre Hände so hoch wie möglich auf seinen

Brustkorb, um die Wärme unter dem gestärkten Oberhemd zu spüren.

Sie zog den Reißverschluß herunter und fühlte seine Hitze und Schwellung. Sie berührte ihn leicht, spürte die Wölbung in feuchter Baumwolle und ließ ihre Hände darübergleiten.

Dann zog sie ihn näher und stellte das Bett auf die richtige Höhe ein. Sie rollte sich mit Hilfe seiner Hand unter ihre Hüfte auf die Seite und kam näher, drückte ihr Gesicht in ihn, blies sanft und sog seinen würzigen Duft ein.

Elizabeth spürte sein Schamhaar durch die dünne Baumwolle und die Kontur seines Penis, der gegen den elastischen Bund stieß. Sie ließ ihre Finger an seinem Bein entlanggleiten und ertastete ihn, hart, warm und feucht. Als sie seine Hose ein wenig weiter nach unten zog, spürte sie seinen Widerstand, seine Angst, sie könnten fallen, aber sie wollte ihre Hand zwischen seine Beine schieben, ihn in die Hand nehmen und seine Größe und sein Gewicht fühlen.

Nachdem sie sich weiter zurückgelehnt hatte, um ihn zu streicheln und seine Hitze zu spüren, zog sie ihn wieder an sich und legte ihren Mund durch die Baumwolle auf ihn, sie roch an ihm und spürte ihn mit ihrer Zunge. Sie biß zärtlich den Schaft seines Penis so weit nach oben und unten, wie sie konnte, und spürte seine Bewegung, die dem Rhythmus ihres Beißens folgte. Dann zog sie schnell seine Unterhosen herunter, diesmal, ohne Widerstand zu spüren, und nahm seinen Penis in den Mund, fühlte seine Vollkommenheit. Er stöhnte und erschauderte, legte seine Hand hinter ihren Kopf, in einer gleichzeitig zärtlichen und drängenden Geste. Er schob sich in sie, eine Hand lag unter ihrem Hintern, fast unfreiwillig massierend, und die andere in ihrem Haar. Sie ließ seine Unterhosen über seinen Po gleiten, küßte ihn und sog seinen Duft ein. Ihre Zunge befeuchtete den Ansatz seines Penis, und ihre Hände massierten ihn fest.

Als ihre Hände müde wurden, lehnte sie sich zurück, nahm seinen Penis und rieb ihn an ihrem seidenen Morgenrock, lege ihn zwischen ihre Brüste und wickelte ausruhend und spielerisch die Bänder um ihn, während er immer härter wurde; ihre Finger umkreisten ihn locker und streichelten sanft.

Er nahm eine ihrer Brüste in die hohle Hand und drückte sie gegen seinen Penis, während seine andere Hand über ihr Gesicht und ihre Lippen glitt. Sie nagte an seinen Fingerspitzen und saugte an ihnen, bewegte die Zunge über seinen Handteller und biß kräftig in den Ansatz seines Daumens.

Elizabeth schob die Hände unter ihr Nachthemd, preßte ihre Brüste fest um seinen Penis und zog ihn dann wieder heraus, voll Freude über die Röte und die harte Schwellung. Sie küßte und biß ihn noch einmal, diesmal härter, blies ihn an, als sie tief ein- und ausatmete, dann nahm sie ihn in den Mund und saugte. Fest entschlossen, ihn nicht gehen zu lassen, nahm sie ihn immer tiefer in den Mund. Er fing an, sich rhythmisch zu bewegen und als die Kontraktionen begannen, versuchte er, sie wegzudrücken und griff nach dem Waschlappen, ergoß sich aber in ihren Mund. Sie saugte und knabberte weiter, bis er ganz klein und weich war, und er seufzte.

Während ihre Hand ihn noch hielt, beugte sich William über sie und küßte sie auf den Mund. Der Duft von Rosen und Gewürzen vermischte sich mit dem starken animalischen Geruch ihrer Körper. Erschöpft setzte er sich und wiegte sie, das Gesicht zwischen ihren Brüsten, hin und her, bis sie einschlief.

Deborah Abbott
DIE KOJOTEN

Es ist fast Mitternacht. Ich fahre durch die Stadt zu deinem kleinen Haus am Hang, beachte weder Stoppschilder noch all die roten und gelben Lichter. Sie sind sinnlos. Um diese Zeit ist kein Verkehr. Ich umarme die Straße wie einen Körper, dessen Kurven ich im Schlaf kenne.

Vier Tage ohne dich. Dann, vor einigen Augenblicken, deine Stimme am Telefon; leise und verschlafen, kaum lauter als ein Flüstern und doch ganz tief aus deiner Kehle, sagte sie: »Djuna, könntest du zu mir kommen, jetzt?«

»Ja«, habe ich geantwortet. Kein Wort mehr. Kein Atmen.

Ich nahm die Schlüssel von der Kommode; der zu deinem Haus, im Schlüsselring neben meinem. Ich zog den purpurroten Bademantel über meine warme braune Haut. Ich ging barfuß zum Wagen.

Barfuß gehe ich jetzt die drei Steinstufen deines Hauses hoch. Auf deiner Veranda bleibe ich stehen. Ich strecke die Hand aus und ertaste die kalte Kugel deines Türknaufes. Ich denke an den frühen Morgen, als ich zum ersten Mal hierher kam, meine Hand in der Dunkelheit ausstreckte nach einem Ort, den ich berühren, erobern würde. Ich erinnere mich, wie mein Atem stillstand, so wie jetzt, bis ich deine leisen gleichmäßigen Schritte näherkommen hörte. Jetzt spüre ich den Knopf in meiner Handfläche wie ein Stück Obst, eine Brust. Ich lasse den Messingschlüssel in den Schlitz gleiten. Es klickt. Mein Handgelenk dreht sich, dem Mondlicht zu. Blut pulsiert dort, sein Rhythmus murmelt: »Laß mich ein, laß mich ein.«

Du liegst auf dem Bauch, halb bedeckt und vom Kerzenlicht beschienen. Dein sandfarbenes Haar fließt wie ein Kragen über deine nackten Schultern. Dein Gesicht ist im Kissen vergraben. Vielleicht schläfst du. Vielleicht bist du wach.

Ich gehe auf dich zu. Ich stehe neben deinem Bett. Der dunkelrote Mantel gleitet von meinen Schultern auf den Boden. Die Luft ist kühl. Meine Brustwarzen ziehen sich zusammen wie der Klatschmohn in deinem Garten, wie Blütenblätter, warten auf Wärme.

Ich strecke die Hand aus. Mit einem Finger fahre ich langsam dein Rückgrat entlang. Wirbel erheben sich aus der Ebene deines Rückens wie ein Bergrücken, der unter meiner Berührung wächst. Mein Finger wandert abwärts zu deinem Steißbein, der Stelle, wo einmal dein Schwanz war, bevor du aus dem Mutterleib rutschtest. Dieser Knochen biegt sich nach innen. Ich folge ihm hinunter bis zwischen deine Backen. Meine Fingerkuppe liegt auf dem rosigen Kranz deines Anus, der Haarflaum dort ist wie Moos, das an feuchten, dunklen Stellen wächst. Mein Finger bewegt sich nicht. Mein Atem ist flach. Deinen Atem kann ich nicht hören. Die Zeit vergeht bewegungslos und schweigend.

Und dann langsam spüre ich deine Bewegung. Ich spüre, wie du dich unter meiner Hand öffnest. Du spreizt die Schenkel. Dein Gesäß wölbt sich mir entgegen. Die ersten Silben formen sich in deinem Mund. »Djuna«, sagst du, »nimm mich... so.«

Du bist eine läufige Wölfin. Dein Geruch hat mich über die Prärie gelockt, durch den hohen Roggen, vorbei an Baumwollfeldern und Tamarisken. Der Mond ist voll. Ich stehe auf dem Berg und beobachte dich. Deine gelben Augen sind gegen das Licht geschlossen. Dein Hals ist nach hinten gebogen, als wolltest du singen. Aber du bleibst still.

Ich finde dich auf einem Felsvorsprung. Erwartungsvoll. Auf dem Sprung. Ich nähere mich dir von hinten. Ich drücke schnüffelnd meine Schnauze gegen dich. Der Atem aus meinem Maul ist warm. Er bedeckt, was du darbietest: rosiger Anus, blühende Vulva. Feuchtigkeit sammelt sich im Pelz deiner Scham wie Nebel. Ich stupse dich an, meine Nasenlöcher blähen sich. Ein Knurren wächst in deiner Kehle, aber du bewegst dich nicht.

Meine lange Zunge rollt aus meinem Maul. Ich lecke deine Scham. Du fährst wild herum, fauchst und schnappst. Und dann springe ich: meine Zähne versinken im dicken Fell deiner Kehle. Du winselst. Deine Vorderläufe knicken ein. Du ergibst dich. Meine Zähne geben dich langsam frei. Ich lecke deine Vulva. Ich lecke, bis ich das schmecke, was mich über all die Meilen angelockt hat. Deine Genitalien hängen schwer. Ich spüre meine eigenen, voll mit dem Saft der Paarung. Ich werfe den Kopf in den Nacken und heule. Du antwortest. Für einen Augenblick richtest du dich auf. Wir stehen mit entblößten Kehlen und schreien in der Nacht.

Dann bin ich auf dir und in dir. Meine Zähne packen dich im Nacken. Du wehrst dich. Du schüttelst den Kopf, versuchst mich abzuwerfen. Dann bist du ruhig. Ich höre dein Keuchen. Ich sehe, wie dein Atem in Wolken hervorquillt aus deinem aufgerissenen Maul. Ich krümme mich über dir. Ich dringe ein, immer wieder. Jedesmal jaulst du auf. Du bebst unter mir. Wenn ich mich aus dir zurückziehe, krampft mein Körper. Der Rhythmus ist wie ein Herzklopfen, immer schneller.

»Djuna«, sagst du. »Ich will mehr von dir. Mehr.« Ich fülle dich aus mit meinen Fingern. Du bist voll und naß. Ich bin tief in deinem Anus. Dort, aber auch in deiner Vagina. Mehr von mir dort. Ich gleite in deine Nässe, bis ich dein Ende finde. Ich bewege mich schneller. Du preßt dich an mich. Und stöhnst.

Plötzlich bist du still. Du bist vollkommen passiv. Von dir kommt kein Laut, nur das Geräusch meiner Finger, die in dich dringen. Immer wieder.

Dann fällt dein Kopf zurück. Dein Kiefer klappt auf. Du stößt ein langes Heulen aus. Deine Hinterbeine geben nach. Meine Zähne lösen sich aus deinem Fell und ich falle zitternd über dich. Nässe strömt aus mir heraus, stechend und heiß; sie ergießt sich über deine Vulva. Du rollst dich weg, suhlst dich im Sand. Ich entblöße meinen Bauch vor dir. Du springst spielerisch auf mich zu. Du zerrst an meinen Brustwarzen, bis ich aufspringe und dir nachjage. Du streifst den Granitfelsen entlang, tauchst im silbergrünen Salbei auf und ab. Du springst hoch in die Luft, drehst dich und stürzt auf mich zu.

Unsere Schatten im Mondlicht sind lang. Espenlaub raschelt im Wind. Endlich nickst du, gibst mir ein Zeichen. Ich folge dir in das Weidendickicht deines Bettes. Du drehst dich ein paarmal und legst dich hin. Du leckst meine Schnauze. Ich schmiege mich an deine braune Flanke. Wir schlafen.

Terry L. McMillan
BERÜHRUNGEN

Ich hatte geahnt, daß an genau dem gleichen Platz vor mir schon jemand gewesen war, hatte aber diesem Gedanken keinen Raum gegeben, bis ich sie heute Morgen an deiner Seite hängen sah wie eine Schultertasche. Und das, nachdem ich zugelassen hatte, daß du mich mit deinen langen braunen Händen überall berührtest und meinen Widerstand brachst, so daß ich mich fühlte, als hätte mir jemand den Boden unter den Füßen weggezogen.

Zuerst sehe ich deine schlanken langen Beine über den holprigen grauen Bürgersteig auf mich zukommen, die silbrigen Splitter im Zement funkeln wie tanzende Sterne. Aber ich war nicht geblendet, obwohl du sie so typisch elegant und dennoch angeberisch bewegt hast. Und du hast mich schon mindestens einen halben Häuserblock weit kommen sehen und deine Quadratlatschen schienen sich plötzlich nicht mehr so leichtfüßig auf dem Asphalt zu bewegen wie neulich Nacht, als wir diesen Weg gemeinsam gingen.

Stimmt, ich war's, die in jener Nacht anrief, um *Hallo* zu sagen, aber du hast gesagt, ich soll rüberkommen und mit dir und deinem Hund spazieren gehen. Das klang ziemlich harmlos, aber bestimmt hast du die ganze Zeit gewußt, daß ich eigentlich herausfinden wollte, wie warm es unter deinem Hemd war, und hinter deinem Reißverschluß, und ob deine Hände so zärtlich und kräftig waren, wie sie aussahen.

Ich hatte eigentlich gehofft, wir könnten den Spaziergang ausfallen lassen, weil ich nur langsam auf dich sinken und in dein Inneres kriechen wollte. Geh doch ein andres Mal mit dem Hund.

Aber du hättest meine Beweggründe vermutlich wenig damenhaft gefunden, also stürmte ich in meinem weißen Jogginganzug rüber zu deiner Bude und versuchte, so verführerisch wie möglich auszusehen, ohne allzu begierig zu wirken.

Ich tupfte mir sogar ein wenig Parfüm hinter die Ohren, unter jede Brust und auf meine Ellbogen, um dich zu verlocken, falls du dich nicht so recht entscheiden könntest. In Wahrheit war ich ziemlich nervös, weil ich wußte, daß wir heute Nacht nicht bloß rumquatschen würden wie bisher. Ich brauchte nur knappe fünf Minuten, um meine Zähne zweimal zu putzen, die Lippen anzumalen, meine Achselhöhlen zu waschen, Ohren und Bauchnabel mit Q-Tips zu reinigen (ich konnte ja nicht wissen, wie weit du gehen wolltest) und meine intimsten Zonen zu waschen und auch dort ein wenig Jasminöl hinzutupfen.

Obgleich es fast 33 Grad heiß war, gingen wir fünfzehn Querstraßen weit, und der Hund ließ einfach gar nichts aus. Dir schien das nichts auszumachen, oder du hast es nicht gemerkt. Du gabst mir die Leine, und obwohl ich einen ausgewachsenen Mann mit so einem Schoßhündchen albern finde, war ich ihm gegenüber nicht feindselig, während ich es so hinter mir herzerrte und wir weiter durch die schwüle Nacht wanderten. Im allgemeinen mag ich Hunde.

Als wir vom Bordstein auf die Straße traten, machte ich einen Satz und schrie, weil ein Blatt aussah wie 'ne tote Maus; ich ließ die Leine fallen und griff nach deiner Hand. Du hast sie sanft gedrückt, obwohl du mich hinter dir herziehen mußtest, um deinen Hund wieder einzufangen, der den Bürgersteig entlangflitzte, an den Bäumen hochsprang und japste. Als wir ihn endlich hatten, waren wie beide außer Atem. Ich ärgerte mich, weil mein Jogginganzug verschwitzt war.

»Du hast Angst vor einer kleinen Maus?« fragtest du.

»Ja, die machen mich ganz kribbelig. Mir dreht sich der Magen um, und ich würd' auf Stühle oder sonstwohin klettern, um ihnen zu entkommen.«

Dann erzähltest du mir, wie du eine in der Küche erwischt hast, während du deine Ravioli direkt aus der Dose gefuttert hast, wie du sie mit einem Besenstiel verletzt hast und sie dann die Toilette runterspülen wolltest, aber es ging nicht. Ich prustete laut los, aber ich wollte dich auch zum Lachen bringen.

Also erzählte ich dir, wie ich einmal auf dem Weg in die Sauna war und die Haustür schon hinter mir zuziehen wollte, als ich zufällig eine riesige Kakerlake auf meinem Küchentisch herumspringen sah.

Ich schlug mit der rechten Hand gerade so fest zu, daß ich sie lahmlegte (ich habe zwar Angst vor Mäusen, aber Kakerlaken hasse ich). Ich wollte sie nicht sofort töten, weil ich gerade $9.95 für einen Kakerlakenkiller ausgegeben hatte, den ich über die Zeitung bestellt hatte, und rauskriegen wollte, ob das Zeug tatsächlich wirkt. Also stäubte ich etwas von dem Zeug auf ihren Kopf, als sie gerade wieder zu zappeln anfing und in irgendeiner Spalte verschwinden wollte. Sie gab nicht auf, also tat ich immer mehr von dem Pulver auf ihre Fühler. Nach weiteren fünf Minuten ging sie mir echt auf die Nerven, weil ich immer noch im Mantel dort stand, mit der Sporttasche über der Schulter, und weil meine Küche offensichtlich nur für Zwerge und Kinder gebaut worden ist, fing ich langsam an, vor Wut zu kochen. Deswegen beschloß ich, sie auch ein bißchen unter Dampf zu setzen. Zuerst zündete ich mir eine Zigarette an und verbrannte dann mit dem gleichen Streichholz ihre Fühler, aber das blöde Ding wollte immer noch in eine Ecke des Tisches entwischen. Ich war total sauer, weil der Kakerlakenkiller offensichtlich nichts taugte, also machte ich weiter, verbrannte sie schnell und vollständig, weil sie nicht so starb, wie sie sterben sollte.

Du fandst das fürchterlich komisch und lachtest dich fast kaputt. Mir gefiel es, dich lachen zu hören, aber ich war unsicher, ob du aus der Story vielleicht Rückschlüsse auf meine Persönlichkeit zogst: Folter und Mord und so.

Wir gingen noch ein paar Straßen weiter, redeten

über dies und das, und der Hund rannte an jeden Baum, hob sein kleines weißes Bein und pinkelte, das war alles.

Unterdessen schwitzte ich und stellte mir vor, wie du deinen Kopf zwischen meine Brüste kuscheln würdest. Ich spüre den Kopf eines Mannes gerne dort, und seit langem hatte mich kein Mann derart zum Träumen gebracht. Ich habe dich nicht einmal gehört, als du wissen wolltest, ob ich die Temptations mag und in einem Puppentheater gewesen bin. Ich hab den Zusammenhang erst verstanden, als wir in deine Wohnung gingen.

Aber heute sahst du mich näherkommen wie bei einem Wettkampf im Tauziehen, nur war das Seil unsichtbar. Die Anziehungskraft war so enorm, daß wir schließlich dicht voreinander standen, und ich roch schließlich am anderen Ende des Seils deinen Atem. Du hast dich nicht wohl in deiner Haut gefühlt und dich mir halb zugewandt, als ich an euch vorbeirauschte. Du hast mich locker angelächelt hinter deiner dunklen Brille, und ich lächelte euch beiden zu, weil ich auf das Mädchen ja keine Wut hatte. Schließlich hatte ich nicht mit *ihr* die Nacht verbracht.

»Was machst *du* denn so früh morgens?« wolltest du wissen. Ich fand, daß dich das eigentlich nichts anginge, schließlich hattest du letzte Nacht nicht angerufen, um zu sehen, wie lange ich auf war. Außerdem war es fast 10 Uhr morgens.

»Ich habe schon gefrühstückt, Wäsche gewaschen, und jetzt will ich gerade ins Blumengeschäft, um

Erde zu kaufen, damit ich meinen Farn und den Gummibaum noch vor dem Straßenfest heute nachmittag umtopfen kann.«

»Oh, Entschuldigung, Marie, dies ist Carolyn«, sagtest du und fuchteltest mit deiner Hand wie ein Zauberer zwischen uns hin und her.

Wir nickten beide sehr damenhaft und verstanden deine Verlegenheit sehr gut.

»Warum läßt du deine Wäsche nicht von den Chinesen machen?« fragtest du.

»Weil ich sicher sein will, daß meine Klamotten sauber sind; ich lege sie gern ordentlich zusammen, so wie ich sie haben will. Und außerdem tue ich gern zusammen, was zusammen gehört.«

Du hast bloß genickt wie ein Depp. Für einen Augenblick sahst du so verdutzt aus, als hätte dich jemand mitten im Nirgendwo abgesetzt. Es schien dir nicht einmal etwas auszumachen, daß das Mädchen dabei war und mitbekam, wie deine Haltung arg ins Schwanken geriet. Mir auch nicht. Aber ich mußte von dir weg, weil ich jetzt deinen Körper riechen konnte und der Geruch sich langsam auf meine Haut legte, umhüllte, mir die Nase hochwanderte, in mein Hirn einschlug und sofort fast meinen Schädel zum Platzen brachte. Das war mir peinlich, also versuchte ich es zu überspielen und zog mein scharlachrotes Stirnband tiefer in die Stirn. Du hattest jedoch schon verstanden, was los war.

Meine Füße tragen mich von dir weg und ich tue so, als wolle ich einen Bus erreichen, den ich gerade kommen sehe. Meine Hände wischen den glühendroten Lippenstift von Mund und Wangen bei dem bloßen Gedanken, daß du sie noch einmal küssen könntest. Ich habe versucht, zu vergessen, wie gut du aussiehst. Gut. Viel zu gut. Ich hätte auf meine Ma hören sollen. »Laß dich nie mit einem Mann ein, der besser aussieht als du, der wird es dich spüren lassen.« Ich habe versucht, mich auf Blumenerde zu konzentrieren. Die Blätter meiner Pflanzen.

Aber schöne Männer haben mir noch nie gefallen, dachte ich, und paßte auf den holprigen Bürgersteig auf, nachdem ich mir den Zeh gestoßen hatte.

Du bist anders. Sprichst gutes Englisch. Läßt Puppen tanzen und sprechen und schreibst deine Anträge auf Stipendien selbst. Trinkst Kräutertee und rauchst keine Zigaretten. Verschränkst Arme und Beine beim Sprechen und lehnst dich in den Sessel, so daß du auf der Kante sitzt. Scheinst über Worte nachzudenken, bevor du sie aussprichst. Ich habe dich dafür bewundert, daß du über Dinge nachdenkst, bevor du sie anpackst.

Ich war schon fast an der nächsten Straßenecke, als du hinter mir herriefst: »Verkaufst du irgendwas auf dem Straßenfest?«

Ich hatte dir neulich schon gesagt, daß ich Zucchini-Quiche machen wollte, wiederholte aber noch einmal: »Zucchini-Quiche« und winkte und versuchte, dieses blöde Grinsen festzuhalten, obwohl ich weiß, daß du auf diese Entfernung meinen Gesichtsausdruck gar nicht erkennen konntest.

Mir gefiel die Aufmerksamkeit, die du mir entgegenbrachtest, obwohl das Mädchen dabei war. Ich dachte, das hätte etwas zu bedeuten. Während ich in den Blumenladen zockelte und von einem Kaktus gestochen wurde, hoffte ich sogar, daß du später anrufen würdest, um mir zu erklären, sie wäre nur eine Freundin oder eine Kusine oder deine Schwester. Ich hoffte, du würdest sagen, dein Rücken täte dir weh oder so was, damit ich mit meinem Mandelöl rüberkommen und ihn massieren könnte. Ihn bearbeiten, meine Fingerkuppen tief zwischen deine Schulterblätter und entlang deiner Wirbelsäule eingraben, bis du dich ergeben würdest. Oder daß du mir vielleicht erzählen würdest, deine Brille sei kaputt und du könntest nicht sehen. Ich würde herüberkommen und dir vorlesen: Comicstrips oder die Bibel.

Jetzt bin ich auf diesem Bürgersteig unterwegs mit einer Tasche voller schwarzer Blumenerde bei dieser Hitze und gehe an deinem Haus vorbei. Ich zwinge mich, nicht auf deine schmuddeligen weißen Rolläden zu starren; also drehe ich meinen Kopf in die andere Richtung und benehme mich lächerlich und total auffällig. Ich war mir so sicher, daß ich dein *Ein-und-Alles* werden würde, schließlich hatte ich mich wie eine Dame benommen und nicht wie eine läufige Hündin.

Ich hatte echt nicht vor, heute irgend etwas umzutopfen, und das nur so gesagt, weil es sich irgendwie sauber anhörte. Mir war viel wichtiger, ob dich dieses Mädchen letzte Nacht genauso berührt hatte wie ich. Wahrscheinlich nicht, denn nur ich kann dich auf diese Art berühren. Aber als du da so auf dem

Bürgersteig standest, gingen mir Bilder von uns durch den Kopf: Wir liegen uns in den Armen und winden uns wie Würmer und Raupen; du küßt mich, als hätte man dich dafür während der letzten Jahre bezahlt und dies wäre dein letztes Gehalt; und ich verliere den Kopf an deinem Körper. Ich höre noch immer deine heiseren Schreie wie ein Echo in meinem Kopf. Ich sehe meine Zunge deine Brust lecken und deine Hände meinen Rücken streicheln, als wäre ich aus Seide. Ich war Seide und du wußtest es. Du hast so verdammt gut gerochen. Und als ich kopfüber aus dem Bett fiel, hast du mich nicht festgehalten sondern kamst hinterher.

Du sagtest nichts, als ich schrie und deinen Namen rief, nahmst dir Zeit für mich und hieltest mich in deinen Armen fest, in der Geborgenheit deiner Brust und wolltest mich nicht fortlassen. Und als ich aufwachte, warst du der Traum, den ich zu träumen glaubte.

Und trotzdem bist du dort auf dem Bürgersteig, in der Hitze, mit einem anderen Mädchen an deinem Arm gekettet, an meinem Haus vorbeigegangen, als wäre es die selbstverständlichste Sache auf der Welt. Dieser Mist macht mich rasend vor Wut.

Ich meine, sieh mal. Du hättest mich ja nicht kitzeln und so zum Lachen bringen müssen, den Verband an meinem verletzten Daumen wechseln oder an meinem Haar riechen und sagen, es würde wie ein kühler Wald duften.

Du hättest ja nicht zu sagen brauchen, es sei unwichtig, daß mein Busen so klein ist, und ich war erleichtert, das zu hören, denn meine Mutter hat immer gesagt, ein Mann sollte sich mehr dafür interessieren, wie du sein Leben ausfüllst als deinen BH.

Ich meine, wer hat denn gesagt, daß du mir die Puppen zeigen sollst, die du nach James Brown und Diana Ross und den Jackson Five gemacht hast? Wer hat gesagt, du sollst Jasmin-Kerzen anzünden und mir zwölf alte Temptations-Alben vorspielen, nachdem du erzählt hast, dein Lieblingsalbum wäre »Ain't too proud to beg«? Du hättest nicht auf den Barhocker klettern, dein Photoalbum hervorkramen und mir das Privileg gönnen müssen, vier Generationen deiner Familie zu bewundern. Dich als kleiner schokoladenbrauner Wuschelkopf. Wieso hast du gedacht, ich wollte dich als Kind angucken, wenn ich dich als Mann doch erst drei Wochen kenne? Aber nein, du hast, während du mit diesem kleinen Köter Gassi gingst, schon zwei Monate beobachtet, wie ich den Schlüssel zu meiner Haustür umdrehte, bevor du dir gestattet hast, mehr als nur »Hallo« und »Guten Morgen« zu sagen.

Ich konnte mich dir niemals richtig begreiflich machen, oder? Ich habe dir, glaube ich, erzählt, daß ich Sonderschullehrerin bin und daß ich ab und zu Gedichte schreibe. Sogar eines für dich, aber ich bin froh, daß ich es dir nicht gegeben habe. Du wärst vor Einbildung wahrscheinlich geplatzt.

Aber vielleicht hätte ich dir von den Nächten erzählen sollen, in denen mein Kopf so leer ist, und über meine Träume, einfach so geliebt zu werden. Wie ich einem Mann immer mehr geben wollte als bloß eine Symphonie innerhalb und außerhalb des Schlafzimmers. Aber das ist so schwer.

Du hättest einfach deine Arme und Schultern nicht um mich legen sollen, als wäre ich dein Erstgeborenes. Du hättest mir keine Zärtlichkeit und Leidenschaft zeigen sollen.

War das nur Wollust? Ich habe nicht geschlafen, als du mein Gesicht immer weiter berührt und gestreichelt hast, als wäre ich aus Glas und du hättest Angst, ich könnte zerbrechen. Ich habe nur so getan, weil ich nicht wollte, daß du den Kokon zerstörst, den ich um mich gesponnen hatte. Ich ließ mich von dir berühren und wünschte mir, du würdest nie aufhören.

Vor drei Stunden habe ich meine Pflanzen trotzdem umgetopft. Ich habe drei Zucchini-Quiches gebacken, die mich 30$ kosteten, aber nach heute morgen kann ich mir echt nicht vorstellen, draußen in der Hitze auf den Zementstufen zu sitzen und Quiche an völlig fremde Leute zu verkaufen. Und ich werde bestimmt nicht den ganzen Tag in diesem heißen Haus herumsitzen und Trübsal blasen.

»Wollen wir essen gehen?« frage ich eine Freundin. Sie hat kein Geld. »Ich zahle, komm einfach mit, okay?« Sie versteht, daß ich nicht wirklich hungrig bin, einfach irgend etwas essen will, gegen die innere Leere und um aus dieser Straße wegzukommen.

Die Straße füllte sich schon mit Leuten, die allen möglichen Schrott aus Dachstuben und Schränken und Kellern hervorgekramt hatten, den sie nicht zur Heilsarmee schleppen wollten. Es roch schon nach

Barbecue und Popcorn und der Discjockey testete seine Boxen.

Es war sehr heiß und die Sonne brannte auf das Pflaster, die Hitze durchdrang die Schuhsohlen. Ich trage meine engsten Jeans und finde, daß ich heute nachmittag auf dem Weg zur Haltestelle besonders hübsch bin. Ich gebe mir viel Mühe, gut auszusehen. Nicht für dich oder die Allgemeinheit, sondern für mich. Da kommst du wieder daher, stolzierst auf mich zu mit diesem kleinen Schoßhund, der neben deinen großen Füßen herdackelt, aber diesmal sehe ich an deinem Arm nichts als schwarzes weiches Haar und einen aufgerollten rotkarierten Hemdsärmel. Ein ganzer Wald von schwarzen Haaren auf deiner Brust starrt mich an, und obwohl meine Knie nachgeben wollen, grabe ich meine Fersen tiefer in das Leder und stehe perfekt wie eine Tänzerin. Du lächelst mich an, bevor wir einander gegenüberstehen und dann machst du eine deiner typischen Kehrtwendungen. Läufst einfach neben mir her, ohne dazu aufgefordert worden zu sein.

»Hallo«, sage ich und passe auf, daß meine Gangart, die ich so sorgfältig einstudiert habe, seit ich dich das erste Mal bemerkte, nicht aus dem Takt gerät.

»Herr im Himmel, siehst *du* heute gut aus. Rosa und Rot sind eindeutig deine Farben.«

Ich lächle, weil ich weiß, daß ich gut aussehe, und obwohl ich kaum atmen kann, weil ich den Bauch einziehe, damit er so flach wie möglich ist, will ich nicht, daß du meinen Körper allzusehr anstarrst.

Du hast schon viel zu viel von ihm gesehen. Stop, das nehme ich zurück. Ich will, daß du fasziniert bist, und du dich gut daran erinnerst, wie alles unter diesem Stoff aussieht, und wie es sich anfühlt, denn du wirst mir niemals wieder so nahe kommen. Weder bei Tag noch bei Nacht. Ich gehe auf den Bordstein zu.

»Wohin willst du?« fragst du und zeigst echtes Interesse. Und weil du glauben sollst, daß ich eine vielbeschäftigte Frau bin, und diese kleine Episode mich nicht im geringsten aus dem Gleichgewicht gebracht hat, sage ich: »Ich bin zum Essen verabredet.« Ich wollte dir wirklich sagen, daß dich das einen feuchten Dreck angeht, aber nein, ich bin nicht nur höflich, sondern auch ehrlich.

Wir gingen sechs harte, heiße Querstraßen weit, und als wir endlich bei den Stufen der U-Bahn ankamen, beugtest du dich zu mir herunter, als ob du mich küssen wolltest, und ich starrte auf deine weichen, braunen und gespitzten Lippen, als wären sie voller Ausschlag und drehte den Kopf weg. Heute morgen hast du dieses Mädchen geküßt.

»Darf ich dich später anrufen?« fragtest du.

»Wenn du Lust hast«, sagte ich und verschwand die Treppe hinunter.

Als ich nach Hause kam, war es fast zehn Uhr, und die Straße war voller Jugendlicher, die Rollschuh liefen, Skateboard fuhren und zu der lauten Discomusik tanzten, die von beiden Enden der Straße herdröhnte. Kinder rannten herum und mit hellen Schreien der Begeisterung unter einem aufgedrehten, wassersprühenden Hydranten durch, während die Erwachsenen auf ihren Veranden saßen, Bier tranken und an Plastikbechern nippten. Meine Mitbewohnerin saß auf unserer Veranda, und ich ging zu ihr.

Obwohl es fast dunkel war, hielt ich zwischen all den kleineren nach deinem großen Körper Ausschau. Als ich dich nicht sofort finden konnte, war ich genervt, weil bei dir Licht brannte, und ich wußte, daß du bei all dem Krach und Gewimmel hier auf der Straße nicht in dem muffigen Apartment sitzen würdest.

Als ich dich auf der anderen Straßenseite gegen ein schmiedeeisernes Gitter gelehnt sah, stand ein anderes Mädchen ganz dicht neben dir. Du entdecktest mich über die dichte Menge von Teenagern hinweg, und ich hörte, wie du meinen Namen riefst, tat aber so, als würde ich dich nicht bemerken. Ich war zu stolz, um traurig zu sein oder eifersüchtig oder irgend so etwas Blödes.

Meine Mitbewohnerin erzählte, sie hätte bloß drei Stück von meiner Zucchini-Quiche verkauft, weil die Leute Angst hatten, sie zu kaufen. Die haben wohl gedacht, sie wäre innen grün. Mir war das verlorene Geld egal.

Ich war aufgedreht und verschwitzt, schleuderte die pinkfarbenen Pumps von den Füßen und ging die Treppe hinunter in den Wasserschleier des Hydranten zu den Kindern. Der harte Sprühregen war kühl und tröstlich auf meiner Haut. Mein ganzer Körper prickelte, als hätte ich gerade eine Massage bekommen. Und obwohl ich spürte, wie deine Augen mich verfolgten, drehte ich mich nicht um, um den Blick zu erwidern. Ich setzte mich wieder auf die Stufen, strich mir das Wasser aus der Stirn, den rosa Lippenstift von den Lippen, aß ein Stück meiner köstlichen Zucchini-Quiche und öffnete ein eiskaltes Bier. Der Schaum sprudelte aus der Flasche über meine Finger. Ich schüttelte ihn ab und lehnte mich gegen die Zementstufen, die gegen meinen Rücken scheuerten, als ich mich hin und her wiegte, und meine Finger schnippten zu der Musik.

Helen Ruggieri
EINE BEGEGNUNG IN MUSE

Er sieht das Ortsschild. »Hey, lassen Sie mich hier raus«, sagt er. Er klettert aus dem Laster auf die Schotterstraße. Ganz in der Nähe badet Tabitha in der altmodischen Badewanne ihrer Tante. Johnny Adam sieht vom Dachfenster nebenan zu. Es ist heiß, Schweiß rinnt ihm über das Gesicht. Er hört Sirenen, und die fürchterliche Angst überkommt ihn wieder. Er ändert sein Tempo, geht – bam bam bam badada da da da da da – im Rhythmus der ersten Takte von »In the Mood«. Er beginnt zu tanzen, tanzt den guten alten Jitterbug mit einer unsichtbaren Partnerin.

Saul schlendert in der Augustsonne von Muse, Pennsylvania. Er sah sich in den leeren Straßen um und fragt sich, warum zum Teufel er hier ausgestiegen ist. Er geht vorbei an Eratos Bar, einem Krämerladen, einem leeren Geschäft. Er wandert unter Ahornbäumen über verfallene Bürgersteige, vorbei an einem grauen Haus mit schmiedeeisernem Gitter, vorbei an dem Haus mit der hölzernen Schaukel auf der Veranda, hört den schlurfenden Rhythmus von Johnnys Tanz, und er geht weiter.

Er versucht, sich an etwas zu erinnern, den Absender auf einem Briefumschlag, etwas, das er vor langer Zeit gesehen oder gehört hat, über Muse,

Pennsylvania. Gedankenverloren geht er die Straße hinunter, hat plötzlich den Stadtrand erreicht. Die Felder neben der Landstraße sind voller wildem Senf, Ambrosia, Königskerzen, Goldruten, wilden purpurroten Astern und Heidekraut. Ein kleiner Lieferwagen überholt ihn und hält an der Böschung. Die Tür öffnet sich, ein langes wunderschönes Bein kommt heraus, dann folgt das zweite. Perfekt geformt, denkt er, vielleicht wie ein Bildhauer, fast zu perfekt, um wahr zu sein.

Ein leuchtend gelbes Oberteil bedeckt nur knapp zwei große Brüste, der Raum zwischen ihnen dunkel wie eine Höhle, die das Schicksal birgt. Langes schwarzes Haar lockt sich auf ihren Schultern. Er sieht ihr Lächeln, die schimmernden blauen Augen und taumelt auf sie zu, angezogen von ihrem strahlenden Lächeln, die Zähne so vollkommen, leicht spitz, animalisch. Verlangen umhüllt ihn so intensiv, daß er sich auf die Lippe beißt. Sie legt den Kopf in den Nacken und lacht leise. Er ist gebannt vom Anblick ihrer Brüste, die unter dem leuchtend gelben Stoff erbeben. Er greift nach ihnen, sie schmiegen sich vollständig und vollkommen in seine Hände. Sie legt eine Hand auf seinen Brustkorb. Er führt sie rückwärts von der Straße, bis beide hüfthoch im Blumenmeer des Feldes stehen. Er zieht ihr den Top zur Taille herunter, der Anblick ihrer aufgerichteten Brustknospen verschlägt ihm den Atem, und er legt sie in die wilden Blumen, Samen und Pollen regnen herab, kleben auf ihren verschwitzten Körpern, während sie sich finden, ihre Brüste drücken sich in sein Fleisch, sein Schwanz drängt sich ihr entgegen, voller Selbstverachtung, Wut und dem überwältigenden Verlangen von Männern, die dem Tod ins Antlitz blicken.

Als er in sie eindringt, versinkt die Sonne hinter den Bergen, und Dämmerung legt sich über sie. Ihre blitzenden Zähne packen ihn, sie scheinen ihn vorsichtig zu liebkosen, die elfenbeinfarbene Schärfe ein Risiko, ihre Berührung der Pinselstrich eines Künstlers. All seine Zärtlichkeit und Furcht drängt in sie, und sie nimmt ihn in sich auf, hält ihn, ihr Atem versengt, sie summt leise ein altes Lied in sein Ohr, ein Lied, an das er sich kaum erinnern kann, denn die Glut ihrer Möse, seine eigene kalte Furcht, die Kraft ihrer Umarmung, sein Kampf, in sie zu dringen, vorbei an den scharfen Zähnen, Vorsicht, der Wunsch zu befriedigen, sie zu nehmen, sich zu befreien, den Ort der Ekstase zu finden, das langsame Erschauern seines Körpers, ihr leises Lied, der Wunsch, einen klaren Kopf zu behalten, die tödliche Sehnsucht danach, ihn zu verlieren.

Als er erwacht, ist es dunkel. Sein Kopf in ihrem Schoß, seine Nase gekitzelt vom krausen schwarzen Haar, ihrem feuchten erdigen Geruch. Ihre Brüste hängen über ihm und verdecken fast die Sterne. Er fühlt seinen Schwanz wachsen, sieht den aufgehenden Mond die perfekten Konturen ihrer Brüste malen. »Wer bist du«, fragt er. Sie beugt sich über ihn und nimmt seinen Schwanz in den Mund, ihre Hitze ist zugleich erregend und besänftigend. Ihre Brüste berühren sein Gesicht. Er nimmt eine Brustwarze in den Mund, und nahrhafte, süße Milch fließt. Er hat das Gefühl, zu ersticken, versucht, sich zu entziehen, sie hält ihn fest. Um nicht zu ertrinken, schluckt er, entspannt sich in ihrer Süße, ihrer Wärme. Es ist gut. Ein seltsames Feuer, das aus seinem Bauch hochsteigt, läßt ihn erglühen. Er hört ihr Murmeln über sich, und Zufriedenheit durchflutet ihn, der dicke milchige Saft ihrer Brüste tröpfelt aus seinem Mund und wärmt seine Brust. Er muß aufstoßen, und sie summt leise, streichelt seinen Rücken, die Milch fließt noch immer, rinnt seine Brust hinunter, fängt sich im Haar zwischen seinen Schenkeln, zärtlich beugt er sich zurück, teilt ihre Lippen mit der Hand, die Milch auf ihnen leuchtet in der Dunkelheit. Auch sie scheint zu glühen, als ließe der Mond sie erbleichen, der Mond oder die Milch. Seine Eichel ist weiß von Milch, seine oder ihre – er weiß es nicht. Sie glüht wie ein Stern. Er dringt langsam in sie ein, unglaubliche Weichheit und Schwere, ein Saugen wie in einem Whirlpool, eine gefährliche Strömung zieht ihn hinein.

Er kämpft, will die Kontrolle nicht verlieren, sagt das große Einmaleins auf, versucht, sich von der faszinierenden Begierde abzulenken, bis er der Sicherheit ihres Wissens begegnet, und gegen seinen Willen reitet er sie wie eine Stute der Sonne entgegen, und sie mit ihm, ihr wildes Zittern liebkosend wie tausend Federn, saugende Tentakel, Millionen Flimmerhärchen geißeln ihn, bis er sich verliert in der Ekstase von Sankt Veit. Wellen, schwerelos, mühelos, Wonne und immer wieder Wonne, bis Zahlen keine Bedeutung mehr haben, und Tod ist sein Genuß, der in ihr pocht wie ein Leben in anderer Sphäre, und eins mit ihr war das Wissen der Zeit, sein eigener Tod und seine Auferstehung, und immer weiter reiten sie in die Sternennacht.

Bei Sonnenaufgang wird er wach, und sie ist fort. Er liegt dort und erinnert sich, bis die Sonne hoch am Himmel steht. Endlich steht er auf, bedeckt mit dem Pollen der Königskerze. Völlig verändert steht er da, ein goldener Mann, der im Licht der Sonne schimmert. Langsam geht er zum Feldrand, wo ein kleiner Bach fließt, und nach einer Weile wäscht er sich zögernd.

Saul wird auf einer Raststätte der Route 70 von einem Trucker mitgenommen. Er denkt an das, was im Blumenmeer geschehen ist, und weiß, es war das einzig Wirkliche in seinem Leben. Kein Traum, vielleicht eine Vision, von der die alten Seher sprachen, wissend, daß sie nicht wirklich war, nicht sein konnte, und dennoch wahr. Sie hatten keine Erklärungen versucht und die Widersprüche hingenommen, erzählten es jenen, die zuhören konnten, und behielten es für sich wie ein Glücksbringer, ließen sich in die Erinnerung daran zurückfallen, wie ein Schwimmer, der ins Wasser gleitet, ließen alles noch einmal geschehen, den Geruch, die Berührungen, alles.

Saul schließt die Augen, während der Laster nach Süden fährt, und sie gehen durch das Feld, seine Hände auf ihren Brüsten, ihre Hände auf seinen Brustwarzen, sie zieht ihn, er schiebt sie, wie in einem mittelalterlichen Tanz bewegen sie sich durch das goldene Feld, der üppige Duft der wilden Blumen, die sie unter ihren Schritten zermalmen, das Summen der Bienen in den goldenen Blumen, der Schmerzensschrei, der von jemand anderem zu kommen scheint, sie beugt sich über ihn, seine Augen rollen, es bleibt der leere weiße Blick jener, die den unfaßbaren Rausch solcher Begegnungen kennen.

Valerie Miner
AM RANDE DES WINTERS

Die Kirchturmuhr schlug acht. Das Klingeln an der Haustür machte daraus neun. Pünktlich wie immer. Margaret dachte, daß er wohl nach einem Leben voller Gottesdienste so sein müsse. Ein Sonntag ohne Priester ist kein Sonntag. Sie mochte die Aufmerksamkeit, die er ihr und anderen entgegenbrachte. Sie blieb vor Großmutters Spiegel stehen und prüfte ihre Frisur. Schon wieder Zeit für eine Hennatönung – wie ärgerlich. Sie dimmte eine der Lampen herunter. Gut so. Ein schönes, sanftes Licht. Sie versuchte nicht länger, ihre Falten zu verstecken, die Krähenfüße um ihre Augen mochte sie mittlerweile sogar. Auf das dunkle Haar war sie immer noch stolz. Chrissie drängte sie, es »natürlich« zu tragen. Aber was war natürlich an grau? Schließlich hatte sie ihr ganzes Leben lang pechschwarze Haare gehabt.

Er hielt etwas in der Hand. Keine Blumen, wie Margaret bemerkte, sondern eine Flasche.

»Cognac«, sagte er verlegen. »Eine kleine Aufmerksamkeit von einer Hochzeit letzte Woche. Allein trinken macht dumm, also dachte ich mir, ich teile sie mit meiner besten Freundin.« Er küßte sie auf die Wange.

Slocum bellte scharf. Weil Margaret nicht reagierte, trollte sie sich in die Küche und ließ sich behäbig neben ihrem Körbchen niederplumpsen.

Mit anmutiger Geste nahm Margaret die Flasche, erinnerte sich an den Abend der zahlreichen Martinis und beschloß, langsam vorzugehen.

»Ich fürchte«, druckste sie, »ich kann nichts dazu Passendes anbieten.«

»Sie haben die Gläser«, grinste er, »und mich.«

Sie bat ihn, sich zu setzen und ging ein wenig genervt in die Küche. Der Abend entwickelte sich für ihren Geschmack zu schnell.

Seine langen, schmalen Finger hielten das Cognacglas wie einen Meßkelch. Seine Baritonstimme klang selbstsicher. Sie konnte die Vertrautheit kaum fassen, konnte kaum glauben, daß sie nicht mehr tagträumend auf der hintersten Kirchenbank saß.

Er erzählte ihr, wie er vor vier Jahren einen Mann davon abgehalten hatte, sich aus dem St. Francis Hotel zu stürzen. Wie er zwölf lange Stunden mit diesem Mann verbracht hatte. Ja, Margaret wußte davon, sie hatte die Geschichte im *Chronicle* gelesen. Tatsächlich hatte dieses Ereignis sie dazu bewegt, wieder in die Kirche zu gehen. Es interessierte sie nicht besonders, was die Religion im Jenseits für sie tun könne. Es war wichtiger, zuerst die Welt, in der sie jetzt lebte, zu genießen. Und wenn Roger Bentman jemanden ins Leben zurückreden konnte, war seine Kirche richtig für sie.

Slocum schlich leise in den Raum.

Margaret machte es sich auf der Couch bequem

und fuhr mit ihren bestrumpften Füßen durch Slocums Fell. Sie betrachtete Rogers Lippen. Sie atmete den süßen, fruchtigen Duft des Cognacs ein und genoß den Klang seiner Stimme.

Plötzlich rückte er näher. »Sie leben so bewußt, so aufmerksam.« Er sah sie an und nahm einen tiefen Schluck.

»Wie bitte?« Sie war gleichzeitig enttäuscht, weil er ihr meditatives Stillschweigen beendet hatte, und erregt durch seine Nähe. Sie mahnte sich, daß er ein Mann der Kirche und daß ihr Verlangen voreilig war.

»Ich betrachte häufig Ihr Gesicht, während ich predige. Sie sind mit Ihren Gedanken immer dabei. Manchmal sind Sie mir sogar voraus.«

»Voraus?« fragte Margaret und stellte ihren Cognac betrübt auf den Tisch. Sie hatte nur ein oder zwei Schlucke getrunken. Sie sah, wie Slocum wieder in die Küche tappte.

»Eine Eingebung.« Er nahm ihre Hand.

Sie empfand so viel Zärtlichkeit. Sie wußte, daß sie sich gleich küssen würden. Sehnsüchtig nahm sie das Lächeln seiner Lippen, das Grau seiner Augen in sich auf. Er setzte das Glas ab und zog sie an sich. Es war wie bei ihrem ersten Kuß, nach dem Theater und wie bei denen, die folgten. Sanft, süß, sicher. Dennoch war noch etwas Tieferes und Drängenderes hinzugekommen. Sie nahm seinen Schweiß wahr, die Wärme seines Atems, die Entspannung ihres eigenen Körpers. Er umschlang sie fester, und sie legte ihre Arme um seinen Nacken, als sei er ein

Rettungsschwimmer, der sie aus der stürmischen See zog.

Ein goldener Strand im Juli. Mom jagt Pop kilometerweit durch die Sonnenschirme, will Sand nach ihm werfen. Pop lacht. Sie und Sylvia sitzen auf ihrem gestreiften Badetuch, sehen zu und verstehen, daß sie in diesen Augenblicken beim Picknickkorb und den Badetaschen bleiben und Eltern spielen müssen, während Mom und Pop durch den Sand laufen.

»Margaret«, schreckte er sie auf. »Margaret, ich liebe dich.« Sie lehnte sich zurück und sah ihm in die Augen.

»Seit Florence dahingegangen ist«, flüsterte er, »ich meine, seit ich ihren Tod überwunden habe, bist nur du in meinen Gedanken, deine Aufmerksamkeit im Gottesdienst, deine Heiterkeit im Geschäft – ich ...«

Margaret beugte sich vor und küßte ihn, zum Teil, weil sie ihn begehrte, zum Teil, weil sie Angst davor hatte, mehr zu hören. Ein Mann der Kirche. Der Körper eines Mannes.

Sie hielten sich lange umschlungen, küßten sich, wiegten sich hin und her, blickten sich schüchtern, erstaunt und hungrig an.

»Liebes«, murmelte Roger. Er nahm ihre Hand, führte sie von der Couch fort. Er schaffte es, das Wandbett so flink auszuklappen, daß sie später begriff: Er mußte diese Bewegung schon seit Wochen geplant haben.

Geschickt knöpfte er ihre gelbe Bluse auf. Sie erinnerte sich an den Sex mit sechzehn – Herumfummeln, Atemlosigkeit, Schuldgefühle, Eile –, und sie war froh, siebzig Jahre alt zu sein. Dieser Mann hatte erotische Reife, sanft ließ er seine Hand über ihr kunstseidenes Unterhemd gleiten, bis ihre Brustwarzen hart wurden; vorsichtig schob er den Rock hoch und griff zwischen ihre Schenkel, um ihre Feuchtigkeit zu finden, dann lehnte er sich zurück, damit sie sein Hemd aufknöpfen, die grauen Haare auf seiner Brust küssen, ihre Hand unter seinem Hosenbund gleiten lassen und die zärtliche Härte, die für sie gewachsen war, berühren konnte. Sie wünschte sich, es möge hier enden. Der Anfang, das Versprechen, war ihr am liebsten gewesen.

Er hörte nicht auf, sie zu überraschen, zerrte mit den Zähnen den Träger ihres Unterhemds herunter und berührte ihre Brustwarzen zuerst mit der Zunge. Sanft beißend, leckend, beißend, leckend, beißend, leckbeißleckbeiß in einem Rhythmus, der sie in jubelnde Höhen zu tragen schien. Sie reckte sich vor Wonne und kam nicht dazu, wegen der Falten an ihrem Körper in Verlegenheit zu geraten. Wieder ganz zärtlich zog er ihr das Unterhemd über den Kopf und den Slip aus. Sie griff nach unten, um ihn zu streicheln und bemerkte, daß er sich aus seinen Kleidern geschält hatte wie eine Eidechse aus der nutzlos gewordenen alten Haut. Sie lagen nebeneinander, berührten und streichelten sich.

Kreise. Runde, feuchte Kreise auf ihrem Bauch. Der Bauch von Janey und Rob und Michael. Sie vergaß oft, daß es auch ihr Bauch war. Rund und rund und rund und rund und nach unten, bis er mit seiner Zunge in ihr war, seiner nassen hungrigen Zunge, die tief in ihren Körper drang, während sein Daumen auf ihrer Klitoris musizierte. Ja, dieser Mann war voller Fürsorge. Und kühner, als sie zu hoffen gewagt hätte. Die knisternde Spannung erstaunte sie, und wie in elektrischen Stößen kamen die Erschütterungen – eins, zwei, drei –, wie das letzte Erdbeben. Er küßte sie voll auf die Schamlippen.

Sie zog ihn auf sich. Er drang in sie ein – oh, der Genuß – und sie wiegten einander jeden zu seinem Höhepunkt.

Danach (wieviel Zeit war inzwischen vergangen? Unmöglich, es mit einem Blick nach draußen zu erraten. Die Nächte in der Stadt wurden von Neonlichtern und Autohupen gestohlen. Hatte sie geschlafen? Hatte er geschlafen?), irgendwann danach, drehte er sich zu ihr und sagte: »Ich liebe dich, Margaret.« Sie sah ihm in die Augen und nickte, sah ihn in Schlaf fallen und fragte sich, wann sie ihm würde antworten müssen.

Louise Thornton
CARELESS LOVE

Um fünf Uhr morgens ließ Josie die Beine über die Bettkante gleiten und griff nach dem alten Wecker, der auf ihrer Frisierkommode rasselte. Sie stellte ihn ab und setzte sich dann schwer auf die Bettkante. Die Luft war beißend kalt in dem ungeheizten Raum, aber sie war schweißgebadet. Eine Hitzewallung, die noch stärker war als die der Nacht, überlief sie vom Nacken den Körper nach unten. Die Feuchtigkeit, die ihre Haut überzog, lief in großen Tropfen zusammen.

Sie stand auf und warf einen flüchtigen Blick in den Spiegel auf der Kommode – dunkles gelocktes mit grauen Fäden durchzogenes Haar umrahmte ein kleines, rundes Gesicht, große Brüste hingen voll und rund, ein schwellender Bauch, breite Hüften thronten auf beiden Seiten ihres Körpers wie Flügel und endeten in den Falten des weichen Dreiecks ihrer dunklen Haare. Du hast mir so viel Genuß bereitet, dachte sie, während sie da stand und ihren Körper betrachtete. Und nun hatte sie Robert, der mit seiner Zunge die Innenseite ihrer Arme entlangfuhr, bis sie vor Verlangen halb wild wurde. Aber diese Hitzewallungen! Wenn die endlich aufhörten, wäre sie froh. Sie griff nach Unterhose und Büstenhalter und dann nach ihrer Uniform. Mit Morgenröcken konnte sie nichts anfangen. Die waren für kranke Leute.

Sie durchquerte schnell das Wohnzimmer auf dem Pfad, den sie zwischen Stapeln alter Zeitungen, Wäsche in Plastikkörben und den ausgeblichenen Polstermöbeln, die vor zwei Jahren das letzte Mal einen Staubsauger gesehen hatten, freigelassen hatte. Als ihr Vater und ihr Mann noch lebten, hatte sie das Haus einigermaßen sauber gehalten für sie, und alle Glasvögel abgestaubt, die einst ihrer Mutter gehört hatten. An die konnte sie sich nicht viel besser erinnern als an ihre Großmutter, die in einem Land beerdigt war.

Ihre Mutter war gestorben, als sie vier Jahre alt war; und nachdem ihre Geschwister geheiratet hatten und weggezogen waren, war sie alles, was ihrem Vater geblieben war. Sie machte ihm den Haushalt sogar dann noch, als sie Joseph heiratete, der zu ihnen zog, als wäre er die Braut. Jetzt war ihr Vater seit fünfzehn Jahren tot und Joseph seit fünf.

Als sie in die Küche kam, sah sie die beiden Teetassen noch immer auf dem Tisch stehen und lächelte. Der Priester war gestern abend wieder da gewesen. Er war jung, groß und hatte dunkles Haar und dunkle Augen. Himmel, ihn zu küssen mußte wunderbar sein, dachte sie jedesmal, wenn sie ihn sah. Als sie bei einer Tasse Tee gestern beisammen gesessen hatten, legte er seinen Arm um ihre Schultern und sagte: »Wissen Sie, Josie, wir vermissen Sie Sonntags sehr.«

»Oh, tatsächlich?« hatte sie geantwortet. »Ich weiß, daß ich eigentlich kommen müßte. Es ist nicht zu entschuldigen.« Wie hätte sie ihm sagen können, daß sie jedesmal, wenn sie den langen stillen Gang der Kirche zum feierlichen Gottesdienst betrat, das Gefühl hatte, auf einer Beerdigung zu sein.

»Das ist aber sehr nett von Ihnen, daß Sie sich solche Gedanken um mich machen«, hatte sie gesagt, während sie in seine Augen blickte und sich zusammenriß, um nicht die Hand auszustrecken, um seine Lippen zu berühren. »Kümmern Sie sich um alle Gemeindemitglieder so sehr?«

»Sie sind eine sehr attraktive Frau, Josie«, hatte er geantwortet und begonnen, mit seinen Fingern über die nackte Haut ihres Oberarms zu streichen. Als Antwort hatte sie sich an seine Schulter geschmiegt, bis die Spannung in der Luft lag wie schwüle Hitze. Dann fing sie sich wieder.

Er war ein Geistlicher mit Frau und zwei kleinen Kindern, und wenn er nicht so vernünftig war, daran zu denken, dann mußte sie das eben tun. Unter dem Vorwand, früh aufstehen zu müssen, hatte sie ihn eilig hinauskomplimentiert und nur seinen Geruch mit ins Bett genommen.

Nun bückte sie sich vor, um den Kerosinofen in der Mitte des Raumes anzuzünden. Die Flamme wollte nicht brennen, also drehte sie den Brennstoffregler höher. Der Ofen sprang gerade in dem Augenblick mit einer lodernden Stichflamme an, als die drei Kätzchen, die in der alten Kohlenkiste neben dem Ofen wohnten, näher krabbelten. Sie schreckten zurück und flohen in drei verschiedene Richtungen. »Oh«, lachte sie, »ihr Armen. Habt ihr euch erschrocken?« Die kleinste der drei beäugte sie mißtrauisch aus ihrem Versteck unter dem Geschirrschrank. Als das Kätzchen herauskam und sich wieder dem warmen Ofen näherte, griff sie nach ihm, öffnete die obersten Knöpfe ihrer Uniform und setzte es zwischen ihre Brüste. Immer wieder streichelte sie über den Rücken des Kätzchens, ihre Finger genossen das seidige Fell. Ein hoher Lockruf entfuhr ihrer Kehle, und sie wiegte sich hin und her und drückte das Kätzchen noch fester an sich.

Eines späten Nachmittags während jenes Frühlings nach dem Tod ihrer Mutter, war sie den stets wachsamen Augen ihrer Geschwister entwischt und in den Hühnerstall gekrochen, wo sie lange Zeit die Küken betrachtete und versuchte, sich zu entscheiden, welches ihr am besten gefiel. Endlich fiel ihre Wahl auf eines, das lauter als alle anderen piepste. Sie hielt den weichen Federflaum in der Farbe frischer Butter an ihre Wange, aber irgendwie war das nicht nahe genug; sie wollte das Küken in ihrem Inneren.

Sie öffnete den Mund so weit sie nur konnte und setzte das Küken auf ihre Zunge. Es bewegte sich etwas und pickte gegen ihren Gaumen und war dann ganz ruhig.

Sie schloß ihre Augen und atmete langsam und gleichmäßig, ein paar Minuten lang. Dann setze sie das Küken vorsichtig zurück unter die Brutlampe und ging ins Haus.

Jetzt drückte sie das Kätzchen noch ein letztes Mal, ließ es dann gehen und stand auf, um sich Kaffee zu kochen. Eine halbe Stunde später verließ sie das Haus durch die Hintertür, ging den unbefestigten Weg zwischen den kleinen Silberpappeln hindurch, denen sie den Garten ihres Vaters überlassen hatte, überquerte eine kleine, lichte Rasenfläche und öffnete die Hintertür des Altersheims, wo sie für die Wäsche zuständig war.

Nachdem sie in Roberts Zimmer geschlüpft war, schloß sie schnell die Tür hinter sich und ging zu seinem Bett. Er hatte ihr erzählt, er sei fünfundsechzig, aber er sah eher aus wie fünfundsiebzig. Dünnes, graues Haar fiel über seine blasse, faltige Stirn, und sein Blick wirkte ohne die Brille wässrig. »Hallo, mein Süßer«, sagte sie. »Wo ist denn dein Zimmergenosse?«

»Oh, er ist im Badezimmer. Du kennst ihn ja. Er bleibt ewig drin! Hat dich jemand reinkommen sehen? Ich will nicht, daß du wieder Ärger bekommst. Was ist, wenn Mrs. Stevens dich rausschmeißt?«

»Was soll ich denn machen, wenn ich zur Arbeit komme und das erste, was ich sehe, dieser gutaussehende große Mann ist? Außerdem hat mich keiner gesehen.« Sie beugte sich über ihn und küßte ihn lang und innig auf den Mund. Dann ließ sie blitzschnell ihre Hand unter seine Pyjamahose gleiten und griff zärtlich nach seinem Penis.

»Josie«, flüsterte er. »Was ist, wenn jemand kommt?«

Sie drückte seinen Penis und richtete sich auf, um ihn anzusehen. Ihre Augen verengten sich zu Schlitzen, die dunklen Pupillen funkelten wie scharfe Splitter, und sie warf den Kopf in den Nacken und lachte.

»Wäre das nicht mal lustig?« Sie warf einen Blick auf die Uhr. »Ich muß gehen.« Leise schlich sie zur Tür, öffnete sie langsam und sah vorsichtig nach rechts und links. »Bis später«, flüsterte sie und glitt auf den Flur.

Als sie um die Ecke kam, stand sie plötzlich direkt vor Mrs. Stevens, die den Korridor entlangeilte. Bevor Josie sich auch nur eine Entschuldigung dafür ausdenken konnte, daß sie so früh am Morgen so nah an Roberts Zimmer war, sagte Mrs. Stevens schon: »Josie, ich fürchte, wir müssen uns mal unterhalten ... Ich mag Sie und Sie machen Ihre Arbeit wirklich gut, aber ... nun, Sie scheinen einen der Bewohner, nämlich Robert, etwas zu sympathisch zu finden. Und ... äh ... Ihre Schwester Tina und Ihr Bruder Peter waren gestern Abend hier, um Minnie zu besuchen, und ein Wort gab das andere und wir sind uns einig, daß ...«, Mrs. Stevens hielt inne und blickte den Korridor entlang, als ob sie die Worte, die ihr fehlten, an den mattgrünen Wänden finden könnte.

Josie hielt den Atem an, und ihr Herz schlug schneller. Sie durfte diesen Job nicht verlieren. Sie mußte Geld verdienen, und andere Jobs gab es bloß noch im alten, heruntergekommenen Restaurant an der Hauptstraße, wo sie einmal als Kellnerin gejobbt hatte. Unwillkürlich mußte sie sich schütteln.

Mrs. Stevens holte tief Luft und fuhr fort. »Sie wissen, wie die Leute in dieser Stadt reden, und ich muß an den guten Ruf dieses Hauses denken. Also wäre ich Ihnen sehr verbunden, wenn Sie daran denken könnten, daß Robert hier zahlender Bewohner ist und Sie eine Angestellte sind.«

Josie lachte gezwungen. »Ich glaube, daran kann ich denken.«

»Ich wußte, daß Sie das verstehen.« Sie klopfte Josie auf die Schulter. »Bis später dann.« Alles, was ich verstehe, dachte Josie, als die den Flur hinunter stampfte, ist, daß wir beide Menschen sind, und was ich in meiner Freizeit mache, geht keinen etwas an!

Den ganzen Morgen arbeitete sie wie besessen in der Waschküche und ließ ihren Ärger an fünfunddreißig Bettbezügen, fünfunddreißig Handtüchern, zehn Pyjamas, fünfundzwanzig Nachthemden und einem großen Sortiment Hemden, Hosen, Kleidern und Pullovern aus. Um die Mittagszeit war sie erschöpft, aber sie blickte mit Stolz auf die sauber gefalteten Wäschestapel. Ihr gefiel der Gedanke, daß die Bewohner des Heimes dank ihrer harten Arbeit saubere und frische Wäsche hatten.

In der Mittagspause ging sie in den Speisesaal, um Minnie zu besuchen, eine entfernte Cousine von Vaters Seite, die im Heim lebte, seit vor zehn Jahren ihr Mann gestorben war. »Wie geht es dir?« fragte sie und legte ihren Arm und Minnies magere Schultern.

»Oh, morgen ziehe ich nach Hause. Mein Mann kommt und holt mich.«

»Aber wir werden dich alle sehr vermissen, Minnie!« Josie lächelte sie mit glänzenden Augen an. »Möchtest du nicht bei uns bleiben?«

Minnie lächelte zurück, ihr Kopf wackelte dauernd von einer Seite auf die andere, und sie nahm Josies Hand. »Wie geht es Joseph? Nein, so ein netter kleiner Mann! Ich hoffe, ihm geht es gut?«

»Joseph ist vor fünf Jahren gestorben. Erinnerst du dich?«

Minnie blickte sie an und drehte dann schnell den Kopf zur Seite, aber für einen kurzen Augenblick sah Josie die Furcht in ihren Augen. »Oh, aber ich wette, du hörst das zum ersten Mal! Wie solltest du dich auch daran erinnern, wenn dir nie jemand gesagt hat, daß Joseph tot ist!«

Minnies Augen blickten wieder in Josies. »Nein, niemand hat es mir je erzählt. Joseph ist also tot. Das ist wirklich schade.« Tränen liefen ihre Wangen herunter und fielen auf ihre dünnen, trockenen Hände.

»Es ist schon in Ordnung«, sagte Josie sanft und wiegte Minnies Hände in den ihren. »Er war zwei Jahre lang krank und manchmal jammerte er den ganzen Tag. Er wollte eine Wärmflasche, und ich brachte sie ihm, zehn Minuten später wollte er eine Tasse Tee, und als ich sie ihm brachte, sollte ich ihm die Stirn massieren, weil er Kopfschmerzen hatte. Er hat mich den ganzen Tag auf Trab gehalten. Er ist jetzt glücklicher, und ich bin erleichtert. Er war ein guter Mann.« Die Erinnerung daran, wie er ihren großen Körper immer ritt wie ein kleiner Ziegenbock, stand ihr plötzlich lebhaft vor Augen, und sie lachte laut.

Minnies Augen fingen an zu funkeln, und sie lächelte, als könnte auch sie Joseph auf und ab hüpfen sehen. »Mein Mann holt mich morgen, und ich hoffe, er bringt mich sofort ins Schlafzimmer. Oh...! Ich hätte das nicht sagen sollen«, rief sie dann, und ihr blasses Gesicht wurde rot. »Du mußt mich für unmöglich halten.«

»Wenn du unmöglich bist, dann bin ich eine hoffnungslose Sünderin!« Josie lachte so laut, daß die anderen Patienten im Speisesaal sich umdrehten und lächelten, als wollten auch sie sich mit Freuden in die ewige Verdammnis stürzen.

Als Josie nachmittags um halb vier nach Hause kam, öffnete sie die Tür, und der süße, außergewöhnlich verlockende Duft von Apfelkuchen empfing sie. »Hallo!« rief sie noch in der Tür. »Wo ist mein Süßer?«

Langsam, vorsichtig einen Fuß vor den anderen setzend, kam Robert aus dem Wohnzimmer in die Küche. »Da bist du ja!« rief sie. »Komm und gib mir einen dicken Kuß!« Er schlurfte langsam vorwärts, aber als er noch mehrere Schritte entfernt war, packte sie ihn und küßte ihn auf Mund, Stirn, Hals, Wangen und wieder auf den Mund. Er stand schwankend in ihren Armen. »Hab ich dir gefehlt?« fragte sie immer wieder.

»Ja, natürlich. Das weißt du doch!«

»Und du hast mir einen Apfelkuchen gebacken!«

»Jawohl! Ich war nicht umsonst fünfzig Jahre lang Küchenchef! Ich habe auch Tee gekocht. Möchtest du?«

Sie blickte auf den Tisch, wo an dem einen Ende zwei Teller und saubere weiße Servietten warteten, und sie lächelte ihn mit schimmernden Augen und glühendem Gesicht an. Niemand in ihrem ganzen Leben war je so nett zu ihr gewesen. »Oh, mein Schatz!« rief sie. »Sehr gerne!«

Später machte sie das Abendbrot: fette polnische Würstchen ringelten sich auf dem Teller, die Kartoffeln waren dick geschnitten und knusprig braun gebraten, die frisch gedünsteten Karotten in weißer Sahnesauce. »Gib mir nicht viel – nur einen Bissen«, sagte Robert. »Ich bin nicht sehr hungrig.«

»Das sagst du jeden Abend!« Sie häufte seinen Teller fast so voll wie ihren. Und wenn er dasaß und mit den Kartoffeln herumspielte, nahm sie ein Stück Wurst auf die Gabel und hielt sie an seinen Mund. »Iß!« befahl sie. »Du bist jetzt schon zu dünn.« Er putzte seinen Teller leer.

Anschließend saßen sie lange zusammen und redeten. Die Spätnachmittagsonne fiel durch die Nord- und West-Fenster, und dann kam die Dunkelheit, weich und dick wie Schnee. Sie rauchte eine Zigarette nach der anderen, inhalierte tief, warf den Kopf in den Nacken und konzentrierte sich wieder ganz auf sein Gesicht. Er fragte sie, wie es ihr bei der Arbeit in der Waschküche ergangen war, was sie über den entdeckten Mißbrauch in einem Altersheim eines Nachbarbezirks dachte, ob sie es fair fand, daß Alleinstehende, die Sozialhilfe erhielten, diese zum Teil wieder verlören, wenn sie heirateten. »Du bist so klug«, sagte sie von Zeit zu Zeit.

Diese täglichen Gespräche waren für sie so wichtig wie der Liebesakt, der später folgen würde. Joseph hatte sich nie für etwas anderes interessiert als für sie, seine Gesundheit und sein Auto. Robert forderte ihren Verstand derart heraus, daß sie manchmal, wenn sie auf eine seiner Fragen antwortete, überrascht war, wie sehr ein Thema sie berührte. »Was siehst du in mir?« fragte sie jetzt. »Du warst immerhin auf dem College und ich noch nicht einmal auf der High School.«

»Oh, Josie, was macht das für einen Unterschied? Du bist so gescheit wie alle, mit denen ich zur Schule ging. Sogar gescheiter!«

Als sie sich vorbeugte, um ihn zu küssen, hörte sie Schritte auf der vorderen Veranda. »Wer kann das sein?« fragte sie. Die Tür ging auf, und ihr ältester Bruder, Charles, kam herein, ohne angeklopft zu haben oder hereingebeten worden zu sein. »Ich bin auf dem Weg in die Firma. Hab gedacht, ich guck mal vorbei«, sagte er. »Is' Tee da? Draußen müssen es fast zwanzig Grad minus sein!«

»Ich glaube schon, daß Tee da ist.« Sie lachte halbherzig, ging zum Herd und setzte den Kessel auf. Sie saßen eine Weile da und redeten über das Wetter und andere Nichtigkeiten. Charles ignorierte Robert und richtete seine Bemerkungen nur an Josie, die ab und zu die Hand ausstreckte, Roberts Hand drückte und sagte: »Stimmt's Robert?« Er nickte, lächelte, sagte aber kaum etwas. Endlich erhob er sich und sagte, er gehe nach draußen, um frische Luft zu schnappen.

Sofort begann Charles zu schreien. »Ich dachte, ich hätte dir deutlich genug gesagt, daß du aufhören mußt! Du machst dich, verdammt nochmal, lächerlich! Hast du denn gar keine Selbstachtung? Du kannst nicht in der Gegend rumvögeln, nur weil du keinen Ehemann mehr hast.«

Sie starrte ihn an und ihre Augen funkelten schwarz wie Onyx. »Ich vögle nicht in der Gegend herum!«

»Du kannst nicht mit einem Patienten des Altersheims rummachen. Du arbeitest dort, Gott sei's gedankt! Endlich hast du einen anständigen Job gefunden, und jetzt setzt du den leichtsinnig aufs Spiel für einen kranken, alten Bastard!«

»Er wohnt dort. Er ist nicht krank und wohnt nur deshalb dort, weil er sonst niemanden mehr hat.«

»Wer will den schon haben! Der muß fast achtzig Jahre alt sein.«

»Es spielt doch überhaupt keine Rolle, wie alt er ist! Das ist doch nur ein Vorwand. Joseph hast du auch nie gemocht. Glaub bloß nicht, ich hätte nicht gehört, wie ihr, Pete und du, euch über ihn lustig gemacht habt, wenn ihr hier wart. Warum könnt ihr mich nicht in Ruhe lassen?«

»Du bist doch eine blöde Gans! Eben darum! Weißt du, was Bill Thompson gestern zu mir gesagt hat? ›Du würdest nicht glauben, was im Haus von deiner Schwester los ist. Sie und der alte Krüppel.‹ Und Ed Weiss hat mir am Sonntag nach der Kirche erzählt, es wär 'ne Schande, daß Robert hier bei jeder Gelegenheit auftaucht. ›Die machen mir nichts vor!‹ hat er gesagt. Er findet, daß du aus dem Heim gefeuert werden solltest.«

»Ich mache meine Arbeit gut, und Mrs. Stevens weiß das. Die anderen sollen sich um ihren eigenen Kram kümmern.«

»Deine Schwestern wollen nicht einmal mehr mit dir zusammen gesehen werden. Pete, Jacob und ich glauben, daß du nicht besser bist als eine Nutte!«

Tränen stiegen ihr in die Augen, aber sie blinzelte sie weg. Sie würde ihn nie wieder ansehen. Er könnte dort noch eine Stunde sitzen, und sie würde seine Gegenwart einfach ignorieren. Er stand auf und zog Mantel und Hut an.

»Pa ist nicht mehr da. Irgend jemand muß dich zur Vernunft bringen. Ich dachte, ich versuche es einmal, aber genauso könnte ich versuchen, mit einem blöden Rindvieh zu reden. Denke aber dran. Wenn du diesen senilen Kriecher nicht ein für alle Mal aus dem Haus schmeißt, wird keiner aus der Familie noch etwas mit dir zu tun haben wollen.« Er schloß die Tür mit einem Knall und war fort.

Fast lautlos kam Robert durch die Hintertür zurück in die Küche, ging zu Josie, kniete sich neben ihren Stuhl und begann, ihr Gesicht mit den Fingerspitzen zu streicheln. Sie schloß die Augen, und die zurückgedrängten Tränen fingen an zu fließen. »Es ist schon gut«, flüsterte er.

»Wie kann er das heute noch mit mir machen? Als ich ein kleines Mädchen war, hat er mich dauernd zum Heulen gebracht. Es macht mich so wütend, daß er das immer noch schafft. Warum können die anderen uns nicht einfach in Ruhe lassen?«

»Vielleicht sind die eifersüchtig.« Sie sah ihm in die Augen. Er lächelte. »Du bist eine verdammt schöne Frau.«

»Bin ich das?«

»Absolut. Und du liebst mich. Ich habe nichts. Ich bin alt. Jeden Tag werde ich ein bißchen älter. Aber du liebst mich. Und ich liebe dich. Würdest du nicht auch eifersüchtig sein, wenn du jemand anderes wärst und sähest, wie glücklich wir sind?«

Sie lachte und legte die Arme um seine Taille. Er streckte ihr die Hand entgegen. »Sollen wir?« flüsterte er. »Oh, ja!« rief sie und stand auf. Vorsichtig führte er sie ins Schlafzimmer. Sobald sie die Tür geschlossen hatte, nahm sie sein Gesicht in beide Hände und sah ihm in die Augen, ihre eigenen strahlten hell, und sie küßte ihn auf jede Wange und auf den Mund.

Sie drängte sich gegen seinen Körper, knöpfte sein Hemd auf, ließ es von seinen Schultern heruntergleiten und hängte es über die Stuhllehne, damit es nicht verknittert wäre, wenn er ins Heim zurückging. Dann machte sie seinen Gürtel auf, zog ihn heraus, legte ihn über den Stuhl und öffnete langsam den Reißverschluß seiner Hose.

»Du hast mir den ganzen Tag lang gefehlt«, flüsterte sie. Sie schob ihre kleine Hand unter das Gummiband seiner Unterhosen und liebkoste seinen Penis, der noch weich und schlaff in ihrer Hand lag. »Glaubst du, daß du mich heute Abend lieben kannst?«

»Oh, ich will«, antwortete er inbrünstig. »Hoffentlich kann ich auch.«

Sie umarmte ihn und drückte sich mit ihrem ganzen Gewicht gegen ihn. Für einen Augenblick schwankte er und versuchte, sie zu halten, aber dann fiel er nach hinten, und beide landeten auf dem Bett.

»Jetzt bist du endlich da, wo ich dich haben will«, murmelte sie und begann seine Schultern und seinen Hals zu beißen. Nach einem besonders harten Biß schaute sie, ob sie ihn auch nicht verletzt hatte. »Ich liebe dich!« sprach sie zu seinem Hals und in die zarte Mulde zwischen seiner Schulter und dem Brustbein. Sie folgte der Linie seines Schlüsselbeins mit ihren Küssen, küßte seinen Hals, bewegte sich entlang der geschwungenen Linie seines Kiefers mit immer mehr Küssen und endete an seinem Mund mit einem langen, lauten, letzten Schmatzer.

»Und jetzt«, sagte sie, »wird es Zeit, daß ich alles von dir sehe.«

Nachdem er sich aus der Hose befreit hatte, die um seine Knie gedreht war, legte sie sie ordentlich auf Bügelfalte zum Hemd. Dann riß sie sich die Uniform vom Leib, öffnete den BH und zog ihn aus, rollte die Unterhosen über die Hüften und warf alles auf einen Haufen am Boden.

Sie schlüpften unter das weiche warme Federbett, das ihre Mutter vor sechzig Jahren genäht hatte und zwischen die weichen Flanellaken. Sie lagen Seite an Seite nebeneinander, sein Arm um ihre Schultern, ihre Hand auf seiner Brust ruhend.

Langsam fing er an, ihren Busen zu liebkosen,

seine langen zarten Hände streichelten kreisend eine Brust, nahmen die Brustwarzen zwischen die Finger und zupften an ihr; dann umkreisten sie die andere Brust. Sie seufzte wohlig.

»Wie herrlich sich das anfühlt... Ich liebe es so, wenn du mich anfaßt.« Seine Hand wanderte über den Hügel ihres Bauches, glitt den Berg ihrer Hüfte entlang und schlüpfte in den Spalt zwischen ihren Schenkeln. Erst ein Finger, dann noch einer verirrte sich in den Wust feuchter Haare, zog sich zurück in den Spalt und verirrte sich aufs neue in die Feuchtigkeit. »Hör nicht auf!« flüsterte sie, als seine Hand kurz innehielt. »Selbst wenn ich auf dem Fleck sterben sollte, hör nicht auf.«

Seine Hand fuhr an ihrem Bein entlang, über das Haar, das dick und fest auf ihren Schenkeln wuchs, entlang den zarten Falten zwischen ihnen und über den großartigen Schwung ihrer Hüften, die ihm jetzt zugewandt waren. Er küßte das eine Augenlid und dann das andere, fuhr mit der Zunge den Schwung ihrer Augenbrauen nach und liebkoste dann eine Stelle hinter ihrem Ohr.

Mit einem Schrei bäumte sie sich plötzlich auf, umschlang ihn und küßte ihn lang und fest auf den Mund. »Ich will dich!« rief sie in den Raum.

»Ich bin noch nicht soweit, mein Schatz. Kannst du noch ein bißchen warten?«

»Ohhhhh....! Himmel, ich weiß es nicht...« stöhnte sie und fiel zurück auf das Bett. Dann begannen ihre Finger, seinen Penis in seinem Bett aus faltiger Haut zu liebkosen und langsam wuchs er.

»Jawohl«, schmeichelte sie. »Es ist Zeit zum Aufstehen. Komm schon, Schlafmütze. Du kannst es. Komm schon … So ein braver Junge. Und jetzt steh auf … «

Lange Zeit summte sie so vor sich hin und streichelte ihn mit festen, kräftigen Fingern, und sein Penis wuchs unaufhaltsam, bis er groß und solide stand und unter ihren Fingerspitzen zuckte. »Jetzt!« flüsterte er.

Sie rollte sich auf ihn, und als er sein Ziel gefunden hatte, begann sie, sich rhythmisch zu bewegen, ihre Hüften preßten sich in starken Wellenbewegungen in ihn hinein, bis ihre Körper sich gemeinsam bewegten wie ein großer Seelöwe, der immer wieder auf das wartende Ufer zuschwimmt.

»Jetzt reiten wir!« schrie sie. »Himmel, wir reiten … « Sie ritt schneller, ihr Gesang wurde immer schriller, stieß durch die Decke, durch das Dach und ergoß sich schließlich in die hellen lichten Räume zwischen den silbern raschelnden Bäumen im Garten ihres Vaters.

Später, als sie ruhig neben ihm lag, streichelte ihre Hand seine Wange und sie fragte: »Liebst du mich?«

»Ja, ich liebe dich. Das weißt du!« Er zog die Linie ihrer Augenbrauen nach und bewegte behutsam seine Finger über ihre Lippen, wie ein Kind, das das Gesicht der Mutter erforscht. »Ich liebe dich mehr als das Leben.« Sie seufzte, kuschelte sich an ihn, und sie schliefen ein.

Eine Stunde später brachte sie ihn auf dem Pfad durch den Garten zurück ins Heim. Die Nacht war bitterkalt, und Eis glimmerte im Mondlicht. »Jetzt schön vorsichtig!« schimpfte sie halb mit ihm, als sie aus der Hintertür traten. »Ich will nicht, daß du hinfällst.« Sie ging vor, und er folgte ihr, hielt sich an ihren Hüften fest, und langsam tasteten sie sich über das Eis und die dünne Schneedecke. Als sie die Tür erreicht hatten, zog sie ihn an sich. »Ich lasse dich niemals gehen!« sagte sie wild entschlossen. Dann küßte sie ihn ein letztes Mal und machte sich auf den Rückweg.

Ich sollte ins Bett gehen, sagte sie sich, als sie wieder in der Küche war. Statt dessen stellte sie Teewasser auf und schaltete das alte Radio ein, das in der Ecke der Küche stand.

Nachdem sie den Knopf hin und her gedreht hatte, fand sie ihren Lieblingssender für Country- und Westernsongs. »Love, oh love, oh careless love«, summte sie gemeinsam mit Hank Williams. »Love, oh love, oh careless love ...« Als der Tee fertig war, trug sie ihn zum Tisch und setzte sich vor den Rest Apfelkuchen. Sie aß ihn genußvoll, dachte an nichts anderes als an den süßen Saft in ihrer Kehle, die krümelige Kruste, das saftige Fruchtfleisch der Äpfel auf ihrer Zunge.

Als sie fertig war, trank sie den Tee, drehte die Lichter aus und ging zu Bett.

Es war fast Mitternacht, als sie mit einem Ruck erwachte. Sie schleuderte die Decken von sich und rannte zum Fenster, öffnete es so weit wie möglich und legte sich wieder hin, aber ihr wurde nicht kühler. Eine Welle der Hitze lief ihr den Rücken hinunter und bis in die Füße und Hände, und unmittelbar danach kam die nächste.

Sie stand wieder auf, ging zur Haustür, riß sie auf und trat hinaus auf die Veranda. Der nächste Hitzeschub überkam sie. Sie schaute, ob irgendwelche Scheinwerfer auf der Schotterstraße an ihrem Haus zu sehen waren. Nein, nichts. Mit einer schnellen Bewegung zog sie ihr kunstseidenes rotes Nachthemd über den Kopf und warf es auf die Erde. Die Kälte wickelte sich um sie wie ein Band, das an den feinen Haaren ihres Nackens begann, sich über ihre Brustwarzen legte, die lebhaft und aufrecht standen, und die Kurve ihres Busen nachzog, um dann zwischen ihren Schenkeln zu verschwinden. »Ahhh ... « sie stöhnte, als die Kälte ihre Pobacken liebkoste und um ihre dicken, kräftigen Schenkel kreiste. Wenn mich die Nachbarn jetzt sehen könnten, hätten sie wirklich was zu erzählen, dachte sie bei sich.

Gelächter kroch aus ihrem Brustkorb und wickelte sich um ihr Brustbein. Du darfst kein Geräusch von dir geben, sagte sie zu sich, aber das Lachen kam aus ihrer Kehle, als hätte es einen eigenen Willen, und schallte durch die Nacht. »Du bist verrückt!« rief sie in die Nacht. »Du bist eine total verrückte Frau!«

Die Melodie des alten Liebesliedes, das sie an diesem Abend schon einmal gesummt hatte, kam ihr wieder in den Sinn. »Love, oh love, oh careless love ... « sang sie leise in die Dunkelheit hinein und reckte die Arme über den Kopf und wiegte sich leicht hin und her, tanzte mit der Kälte, mit den vereinzelten Schneeflocken im Wind, mit den Sternen, die am mitternächtlichen Himmel schienen, mit den Galaxien, die um sie herumwirbelten.

Über die Autorinnen

Janet Aalfs lebt in Pioneer Valley in Massachusetts und gibt Selbstverteidigungskurse für Frauen. Außerdem schreibt sie Gedichte und Kurzgeschichten.

Dorothea Abbott lebt in Santa Cruz in Kalifornien und ist Psychotherapeutin, Kajakfahrerin und Mutter zweier Söhne.

Cathryn Alpert ist Professorin für Theaterwissenschaften und Autorin und lebt in Aptos, Kalifornien mit ihrer Familie. Zur Zeit arbeitet sie an ihrem ersten Roman.

Sandy Boucher ist zweiundfünfzig, Lehrerin, Herausgeberin einer feministischen Zeitschrift und hat mehrere Romane geschrieben.

Heather Grey lebt in New York, ist Künstlerin und unterrichtet.

Audre Lordes Familie ist aus Grenada eingewandert. Sie schreibt Gedichte und Essays.

Patricia McConnel ist Ende fünfzig, lebt in den Bergen von Nevada und schreibt seit etwa zehn Jahren.

Terry McMillan lebt in Brooklyn mit ihrem Sohn Solomon. 1986 hat sie ihren ersten Roman ›Mama‹ veröffentlicht.

Über die Autorinnen

Valerie Miner unterrichtet in Berkeley an der Universität. Sie hat mehrere Romane veröffentlicht und schreibt regelmäßig für feministische Zeitschriften.

Helen Ruggieri lebt in New York, schreibt Romane, Kurzgeschichten für Anthologien und Artikel für Zeitschriften. ›Eine Begegnung in Muse‹ stammt aus einem bislang unveröffentlichten Roman.

Eva Shaderowfsky lebt in New York als Fotografin und Autorin.

Amber Coverdale Sumrall hat Gedichte und Kurzgeschichten veröffentlicht und arbeitet momentan an einem Buch über Wechseljahre.

Louise Thornton lebt in Santa Cruz, unterrichtet an einem Community College und ist Mitherausgeberin eines Buches über Kindesmißhandlung.